O Corvo

Copyright © 2025
Maquinaria Sankto Editora e Distribuidora LTDA.

Todos os direitos desta publicação reservados à Maquinaria Sankto Editora e Distribuidora LTDA. Este livro segue o Novo Acordo Ortográfico de 1990.

É vedada a reprodução total ou parcial desta obra sem a prévia autorização, salvo como referência de pesquisa ou citação acompanhada da respectiva indicação. A violação dos direitos autorais é crime estabelecido na Lei n.9.610/98 e punido pelo artigo 194 do Código Penal.

Este texto é de responsabilidade do autor e não reflete necessariamente a opinião da Maquinaria Sankto Editora e Distribuidora LTDA.

Diretora-executiva
Renata Sturm

Diretor Financeiro
Guther Faggion

Diretor Comercial
Nilson Roberto da Silva

Administração
Alberto Balbino

Editor
Pedro Aranha

Preparação de texto
Laura Cardoso

Direção de Arte
Rafael Bersi

Marketing e Comunicação
Matheus da Costa, Bianca Oliveira

DADOS INTERNACIONAIS DE CATALOGAÇÃO NA PUBLICAÇÃO (CIP)
ANGÉLICA ILACQUA – CRB-8/7057

Poe, Edgar Allan, 1809-1849
    O corvo e outros textos / Edgar Allan Poe ; tradução de Oscar Nestarez.
-- São Paulo : Maquinaria Sankto Editora e Distribuidora Ltda, 2025.
    160 p.
ISBN 978-85-94484-75-8
1. Contos norte-americanos 2. Poesia norte-americana I. Título II. Nestarez, Oscar
25-1333   CDD 813

ÍNDICE PARA CATÁLOGO SISTEMÁTICO:
1. Contos norte-americanos

mqnr versia

Rua Pedro de Toledo, 129 – Sala 104
Vila Clementino – São Paulo – SP, CEP: 04039-030
www.mqnr.com.br/versia

EDGAR ALLAN POE

O Corvo

E OUTROS TEXTOS

TRADUÇÃO POR OSCAR NESTAREZ

versia

Introdução

Edgar Allan Poe nasceu em 19 de janeiro de 1809, em Boston, Estados Unidos, e morreu precocemente em 7 de outubro de 1849, aos 40 anos, em circunstâncias misteriosas que até hoje alimentam especulações. Entre esses dois extremos, viveu uma trajetória marcada por tragédias pessoais, pobreza, genialidade criativa e profundo impacto na literatura mundial. Filho de atores itinerantes, perdeu os pais ainda criança e foi adotado por uma família rica da Virgínia, com quem manteve uma relação conflituosa. Enfrentou problemas financeiros durante toda a vida, sofreu com alcoolismo, viu sua esposa morrer jovem e teve seu nome frequentemente envolto em escândalos. E ainda assim — ou talvez por isso — escreveu algumas das páginas mais arrebatadoras da literatura ocidental.

Poe não foi apenas o mestre do terror gótico, como tantas vezes se afirma. Sua obra revela múltiplas facetas, e é justamente essa variedade que torna sua produção tão singular. Em contos como Morella, mergulha no horror psicológico e metafísico, explorando os limites entre vida e morte, identidade e obsessão. Em poemas como *O Corvo*, alcança o sublime ao expressar com melancolia e musicalidade o luto e a solidão — transformando o sofrimento em arte imortal. Já em Eureka, surpreende ao se lançar num tratado quase científico e filosófico, antecipando ideias sobre a origem do universo que só seriam debatidas mais de um século depois.

Publicada em 1845, *O Corvo* é sua obra mais célebre — um poema narrativo que transcendeu a literatura para se tornar ícone cultural. Com cadência hipnótica e imagens sombrias, Poe capta a dor da perda e a angústia da memória, enquanto o refrão "nunca mais" ecoa como sentença e lamento. Em Morella, o terror não vem de monstros externos, mas da lenta deterioração da mente, do amor que não se apaga, da identidade que se dissolve. Já *Eureka*, escrito no fim da vida, mostra o Poe visionário: reflexivo, quase místico, propondo uma visão cosmológica do universo que une ciência, filosofia e poesia. Essa tríade literária oferece ao leitor contemporâneo um retrato íntimo de um autor em constante tensão com o mundo, o universo e consigo mesmo.

Poe escreveu em uma América em transformação, marcada pelo crescimento urbano, pelo surgimento da imprensa de massa e pela tensão entre razão e espiritualidade no século XIX. Em meio a esse cenário, ele rejeitou a rigidez moral de seu tempo e abraçou a complexidade da mente humana — antecipando, com impressionante sensibilidade, temas que viriam a ser explorados pela psicanálise, pela literatura existencialista e pela ficção científica. Com uma linguagem refinada, musical e ao mesmo tempo acessível, Poe criou uma obra que desafia classificações: ora romântica, ora filosófica, ora assombrada — sempre inquietante.

Queremos que novos leitores possam se encantar, se perturbar e se iluminar com a obra de um dos maiores nomes da literatura mundial — um autor que olhou para as profundezas do abismo e decidiu escrever sobre isso com beleza imortal.

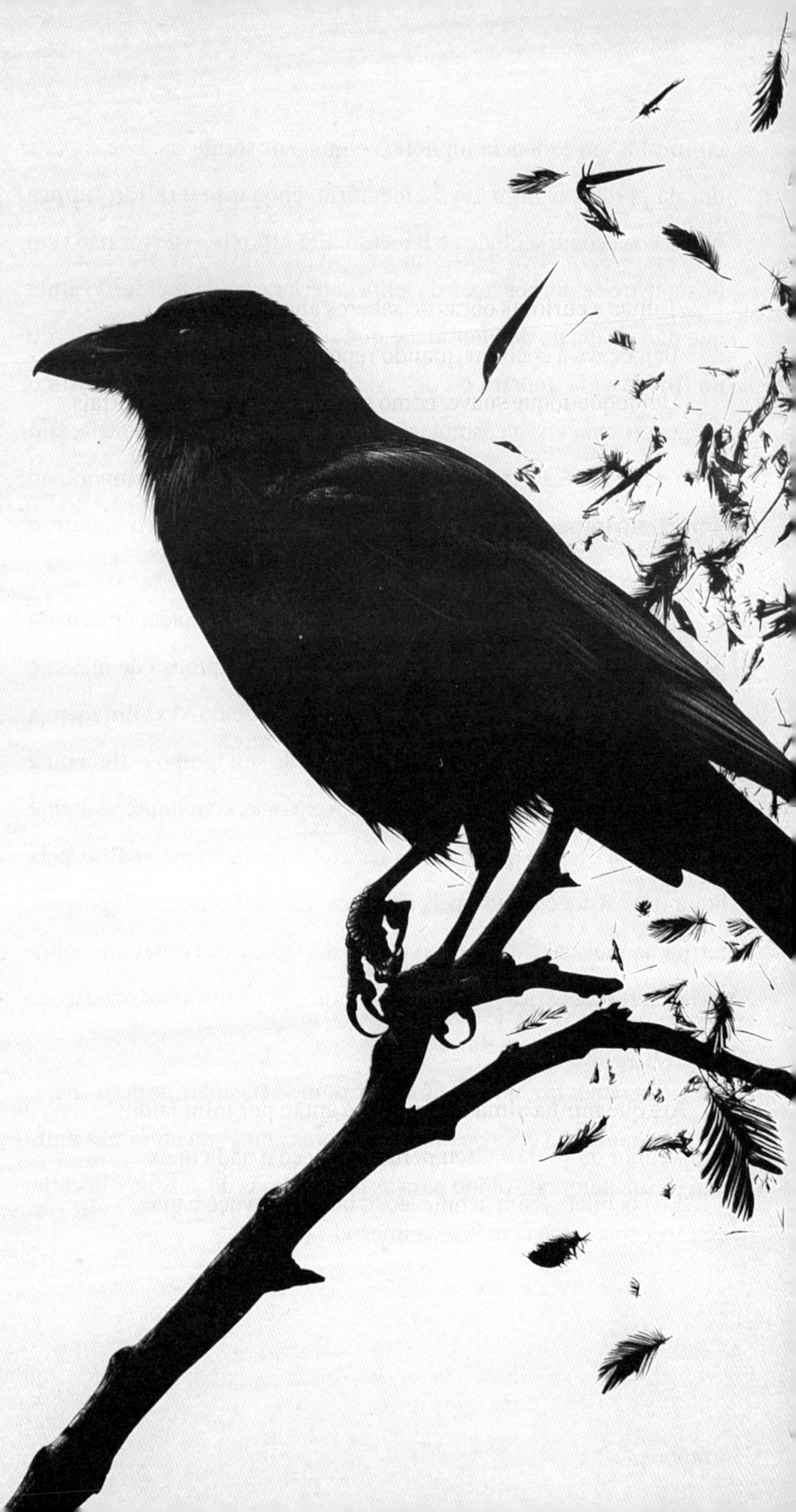

O Corvo[1]

Era meia-noite lúgubre quando eu lia, lento e fúnebre,

Tantas e curiosas obras de saberes ancestrais...

Balançava a cochilar quando repentino ouvi soar

Um toque-toque suave, como se batessem em meus portais.

"É um visitante", murmurei, "batendo em meus portais...

"Apenas isso e nada mais."

Ah, de tudo bem me lembro, foi no gélido dezembro;

Quando o fogo, já morrendo, lançava sombras fantasmais.

Ardia eu pela aurora; em vão nos livros já buscara

Um alívio para os meus ais... Pela perdida, os meus ais...

Pela dama "Lenora", assim chamada nos cumes celestiais...

Mas por mim chamada nunca mais.

E o tremular sedoso, triste e frouxo de cada cortinado roxo

Arrepiava-me... Enchia-me de horrores fantásticos tais

Como os vivi jamais; louco meu coração batia, e eu repetia,

"É um visitante querendo entrar por meus portais...

"Algum visitante noturno querendo entrar por meus portais...

"Apenas isso e nada mais."

Até que minha alma se exaltou, e então por mim falou:

"Senhor ou senhora, seu perdão eu peço e nada mais;

"Eu cochilei, assim aconteceu, e tão suave você bateu,

---

[1] Trata-se do poema mais famoso de Poe, de repercussão imediata após sua publicação, em 1845. A obra aborda também um tema de preferência do autor: o luto pela morte da mulher amada. Lenora, a musa por quem o narrador suspira de saudade, é igualmente o foco de outro poema, batizado com o nome da personagem. (N. T.)

"E tão fraco você bateu, você bateu em meus portais,
"Que sequer sei se ouvi"... E abri bem meus portais:
Noite escura, e nada mais.

Olhando fundo para o breu, lá fiquei pensando eu,
Dúbio, sonhando sonhos como nunca houve iguais;
Mas o silêncio permaneceu, a quietude não cedeu,
E a única palavra a soar foi "Lenora?", cheia de ais,
Sussurrei-a eu e um eco me devolveu: "Lenora", cheio de ais...
Somente isso e nada mais.

Ao quarto então voltando, a alma em mim queimando,
Tornei a ouvir soando um toque alto, mais e mais.
"Decerto", disse eu, "decerto é na janela;
"Vou ver o que há nela, que mistérios são tais;
"Acalmar meu coração ao buscar mistérios tais:
"É só o vento e nada mais!"

Abri então os vidros e, com estrondo e alarido,
De lá veio um grande Corvo, das noites ancestrais;
Não fez qualquer meneio, nem parou um segundo inteiro,
E com o ar grave e altaneiro pousou sobre meus portais...
No busto branco de Palas,[2] bem acima de meus portais...
Ali se pôs, e nada mais.

Então a ave negra fez sorrir a minha tristeza
Com o solene e rude tom de seus traços espectrais;
"Tua penugem é suave", disse eu, "mas tu não és covarde
"Ó medonha e antiga ave, vinda das trevas abissais...
"Diz-me qual é teu nome lá nas trevas abissais!"

---

[2] Agradeço ao poeta e tradutor Douglas Cordare pela sugestão. (N. T.)

Disse o Corvo: "Nunca mais".

Espantei-me ao escutar a ave estranha assim falar,

Embora pouco sentido houvesse em palavras tais;

E está assim decidido que outra pessoa não terá havido

Cujos olhos tenham visto uma ave em seus portais...

Ave ou fera pousada no busto acima de seus portais...

Com tal nome, "Nunca mais".

Empoleirado no alvo busto, o Corvo falou, vetusto,

Como se delas sua alma jorrasse, aquelas palavras tais.

Nada mais ele sussurrou, sequer uma pena tremulou,

Até que minha boca murmurou: "Outros amigos, mortais,

"Partiram; e amanhã *tu*, assim como meus sonhos, te vais."

Então disse a ave: "Nunca mais".

Espantado com o fragor de tal resposta sem pudor,

Disse eu, "sem dúvida o que profere são palavras casuais

"Vindas de um mestre desditoso cujo movimento ruinoso

"Seguiu-se rápido e mais rápido até sua voz se desfazer em ais...

"Até os cânticos de sua esperança se desfazerem em ais

"Naquele 'nunca... nunca mais'".

Mas seguiu a ave negra a fazer sorrir a minha tristeza...

Sentei-me então diante dela, do busto e de meus portais;

No veludo fofo afundando, peguei-me assim saltando

De fantasia em fantasia, pensando nesses agouros ancestrais,

No que queria a ave soturna e sorrateira de anos ancestrais

Com aquele "nunca mais".

Assim sentado segui a refletir, mas sem palavra proferir

Ante a criatura cujos olhos agora ardiam em chamas fatais;

Com tudo isto fiquei a sonhar, a cabeça posta no espaldar
No veludo da poltrona, sob a luz e as sombras abissais,
Naquele veludo da poltrona em que *ela*, já entre sombras abissais,
Não se sentará nunca mais.

O ar então se fez mais denso, como tomado por incenso
Levado por anjos cujos passos tilintavam nos planos astrais;
"Miserável", gritei, "teu Deus te deu... por esses anjos te deu
"O nepente... o nepente praquela já entre as sombras abissais,
"Beba, beba o nepente e esqueça aquela entre as sombras abissais!"
Disse o Corvo: "Nunca mais".

"Profeta!" disse eu, "Ser medonho... Profeta és, ave ou demônio!
"Enviado pelo diabo ou pela tempestade até estes meus portais,
"Desolado mas destemido, até estes ermos banidos...
"Até este lar pelo horror tingido... Diz-me, diz-me, sem mais...
"Há?... *há* um bálsamo no Paraíso? Diz-me, diz-me sem mais!"
Disse o Corvo: "Nunca mais".

"Profeta!" disse eu, "Ser medonho... Profeta és, ave ou demônio!
"Pelo céu acima de nós e pelo Deus que nos fez mortais...
"Diz a este ser de dores cheio, se lá no Éden, no Éden alheio,
"Terá ele contra o seio a donzela Lenora, de ares celestiais...
"Terá ele a radiante donzela Lenora, de ares celestiais."
Disse o Corvo: "Nunca mais".

"Ave diabólica, meu clamor te manda embora", gritei, sem demora.
"Vai-te agora de volta à tempestade e às trevas infernais!
"Que nem uma pluma reste como prova do que disseste!
"Deixa minha solidão inerte!... Abandona o busto sobre meus portais!

"Descrava o bico de meu coração, tira a sombra de meus portais!"

Disse o Corvo: "Nunca mais".

E o Corvo, sem revoar, continua lá, continua lá,

No busto pálido de Palas, bem acima de meus portais;

Em seus olhos há o rutilar de um demônio a sonhar,

Com a luz acima a lhe derramar por sombras negras e fatais;

E a minha alma, dessas sombras negras e fatais,

Não se erguerá... nunca mais!

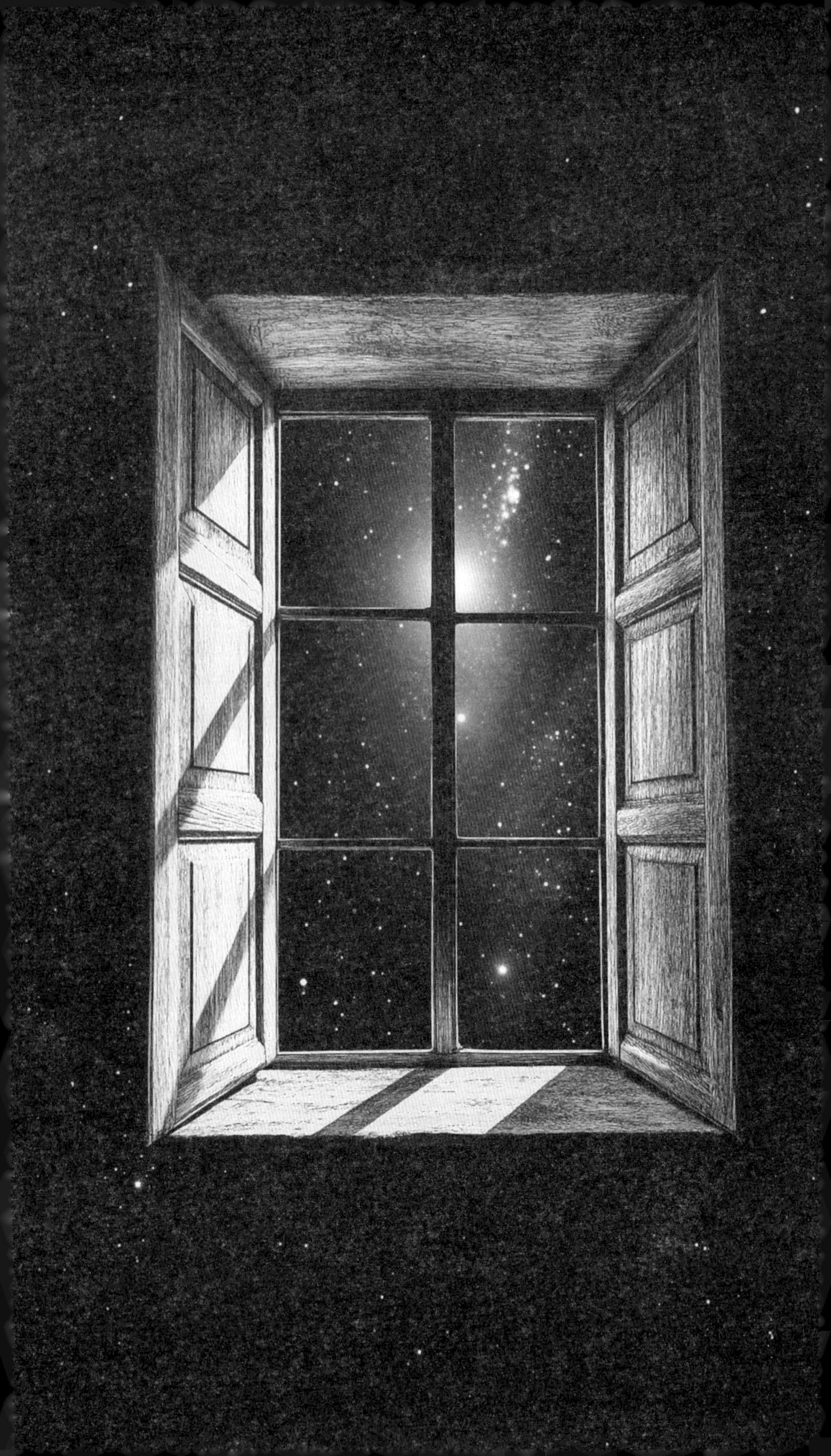

Eureca: Um poema em prosa

Um ensaio sobre o universo material e espiritual

> Com profundo respeito, este trabalho é dedicado a Alexander von Humboldt

Prefácio

Aos poucos que me amam e que amo, àqueles que sentem mais do que àqueles que pensam, aos sonhadores e àqueles que colocam sua fé nos sonhos como na única realidade, ofereço este Livro de Verdades, não por seu caráter de revelador da verdade, mas pela beleza que abunda em sua verdade, tornando-o verdadeiro. A estes ofereço a composição como um produto de arte, apenas; digamos, como um romance; ou, se não for uma afirmação elevada demais de minha parte, como um poema.

O que aqui proponho é verdadeiro, *portanto não pode morrer*: ou, se por qualquer motivo for pisoteado a ponto de morrer, haverá de "elevar-se novamente para a vida eterna".

Não obstante, é apenas como um poema que desejo que esta obra seja julgada depois que eu estiver morto.

É com humildade realmente abnegada, até mesmo com um sentimento de temor, que escrevo a frase de abertura desta obra: pois, de todos os temas imagináveis, aproximo o leitor daquele mais solene, mais abrangente, mais difícil, mais grandioso.

Quais termos encontrarei que sejam suficientemente simples em sua sublimidade, suficientemente sublimes em sua simplicidade, para a mera enunciação do meu tema?

Desejo falar do *universo físico, metafísico e matemático, do universo material e espiritual, de sua essência, sua origem, sua criação, sua condição atual e seu destino*. Haverei de ser imprudente a ponto de desafiar as conclusões, e, assim, de questionar a sagacidade de muitos dos maiores e mais justamente reverenciados entre os homens.

De início, permita-me anunciar da maneira mais distinta possível não o teorema que espero demonstrar — pois, independentemente do que os matemáticos possam afirmar, ao menos neste mundo *não existe algo como* demonstração —, mas a ideia governante a qual, ao longo deste volume, farei contínuos esforços para apresentar.

Minha proposição geral, assim, é esta: *na unidade original da coisa primeira jaz a causa segunda de todas as coisas, com o germe de sua inevitável aniquilação.*

Para ilustrar essa ideia, proponho empreender uma tal observação do universo, que a mente será de fato capaz de receber e perceber uma impressão individual.

Aquele que, do cume do Etna, com calma lança seu olhar aos arredores, é impactado principalmente pela *extensão* e pela *diversidade* da cena. Apenas com um rápido giro de seus calcanhares ele poderia abranger o panorama no aspecto sublime de sua *singularidade*. Porém, como no topo do Etna *nenhum* homem jamais pensou em girar sobre seus calcanhares, então nenhum homem jamais apreendeu a unicidade total desta perspectiva; portanto, mais uma vez, sejam quais forem as considerações relacionadas a essa unicidade, até agora elas não têm existência prática para a humanidade.

Não conheço um tratado no qual o exame do *universo* — usando o termo em sua acepção mais abrangente e unicamente legítima — seja de qualquer modo realizado; e também pode ser mencionado aqui que, com o termo "universo", sempre que empregado sem qualificação neste ensaio, pretendo designar *a máxima expansão concebível do espaço, com todas as coisas, espirituais e materiais, que possam ser imaginadas como existentes dentro do compasso dessa expansão*. Em se tratando do que costumeiramente significa a expressão "universo", utilizarei uma frase limitadora, "o universo de estrelas". O motivo pelo qual essa distinção é considerada necessária será apresentado a seguir.

Mas até entre os tratados sobre o realmente limitado — ainda que sempre compreendido como *i*limitado — universo das *estrelas*, não conheço nenhum no qual uma observação, mesmo deste universo limitado, seja realizada de modo a assegurar deduções relacionadas à sua *individualidade*. A abordagem mais próxima de um trabalho deste tipo está em *Cosmos*, de Alexander von Humboldt. No entanto, ele apresenta a tese *não* em sua individualidade, mas em sua generalidade. Seu tema, a julgar pelo resultado final, é a lei de *cada* porção do universo meramente físico, considerada em relação às leis de *cada outra* porção desse universo meramente físico. Sua intenção é apenas sinoerética. Em uma palavra, ele discute a universalidade da relação material, e revela ao olhar da filosofia quaisquer inferências que estiveram até então ocultas *atrás* dessa universalidade. Contudo, por mais admirável que seja a concisão com que ele tratou de cada ponto deste tema, a mera multiplicidade de tais pontos gera, necessariamente, um montante de detalhes, e assim gera uma involução da ideia, que exclui toda a *individualidade* da impressão.

Parece-me que, buscando este último efeito, e, por meio dele, as consequências, as conclusões, as sugestões, as especulações — ou, se nada melhor se oferecer, às meras suposições que podem surgir dele —, nós precisamos de algo como um rodopio mental sobre nossos calcanhares. Assim, precisamos de um giro tão rápido por todas as coisas em volta do ponto central da visão que, enquanto as miudezas vão desaparecendo, até os objetos mais conspícuos vão se fundindo em um só. Em meio às miudezas que desaparecem em uma observação desta natureza, estariam todas as matérias exclusivamente terrestres. A Terra seria considerada apenas em suas relações planetárias. Um homem, nesta perspectiva, torna-se a humanidade; a humanidade, um membro da família cósmica de inteligências.

E agora, antes de proceder ao nosso tema de fato, permita-me pedir a sua atenção a um ou dois trechos de uma carta um tanto notável, que parece ter sido encontrada dentro de uma garrafa flutuando no *Mare Tenebrarum*, um oceano bem descrito pelo geógrafo núbio Ptolo meu Hefestião, mas pouco frequentado nos dias atuais, à exceção de transcendentalistas e alguns outros mergulhadores em busca de interrogações. A data desta carta, confesso, surpreende-me ainda mais particularmente do que seu conteúdo; pois ela parece ter sido escrita no ano *dois* mil e oitocentos e quarenta e oito. Já sobre as passagens que vou transcrever, imagino que falarão por si só:

"Sabe, meu caro amigo", diz o autor, dirigindo-se, sem dúvida, a um contemporâneo, "s abe que faz mais ou menos oitocentos ou novecentos anos que os metafísicos consentiram, pela primeira vez, em aliviar as pessoas da ilusão singular de que existem *apenas duas vias praticáveis rumo à verdade*? Acredite se puder! Parece, entretanto, que muito, muito tempo atrás, na noite dos tempos, viveu um filósofo turco de nome Á ries e sobrenome Tóteles." [Aqui, o autor da carta possivelmente se refere a Aristóteles; os melhores nomes são deploravelmente corrompidos em dois ou três mil anos.] "A fama deste grande homem advinha principalmente de sua demonstração de que espirrar é uma provisão natural, a qual permite a pensadores muito profundos expulsarem ideias supérfluas pelo nariz; mas ele atingiu uma notoriedade um pouco menos valiosa como o fundador, ou, para todos os efeitos, como o principal divulgador do que fora nomeado filosofia *de*dutiva ou *a priori*. Ele começou com o que defendeu serem axiomas, ou verdades autoevidentes; e o fato agora bem compreendido de que *nenhuma* verdade é *auto*evidente não desabona em nada suas especulações. Foi suficiente para seu propósito que as verdades em questão fossem de algum modo evidentes. Dos axiomas ele procedeu, logicamente, aos resultados. Seus discípulos mais ilustres foram um certo Tuclides, geômetra" [querendo dizer Euclides], "e um tal de Kant, holandês, criador daquela espécie de transcendentalismo que, com a mera substituição de um C por um K, agora leva seu nome peculiar.

"Bem, Áries Tóteles vicejou supremo até chegar um certo Porco,[3] apelidado de 'o pastor de Ettrick', que defendia um sistema totalmente diferente, por ele chamado de *a posteriori* ou *in*dutivo. Seu plano se referia sobretudo ao sensível. Ele atuava por meio da observação, da análise e da classificação de fatos — *i nstantiae Natura e*, como eram

---

3   "Hog", no original, que significa "porco". Alusão a James Hogg, escritor escocês. (N. T.)

chamados de maneira um pouco afetada —, e organizando-os em leis gerais. Em uma palavra, enquanto o método de Áries residia nos *noumena*,[4] o do Porco se amparava nos *phenomena*;[5] e tão ampla foi a admiração causada por este último sistema, que, quando foi introduzido, Áries caiu em descrédito geral. Finalmente, contudo, ele reconquistou terreno, e lhe foi permitido dividir o império da filosofia com seu rival mais moderno — os sábios contentando-se em proscrever todos os *outros* competidores, passados, presentes e futuros, colocando um final a toda a controvérsia a respeito da promulgação de uma lei mediana, com o efeito de que as vias aristotélicas e baconianas são, e por direito devem ser, os únicos caminhos para o conhecimento. 'Baconiano', saiba você, meu caro amigo", acrescenta neste ponto o autor da carta, "foi um adjetivo inventado como equivalente ao 'porconiano', e era ao mesmo tempo mais digno e eufônico.

"Agora, garanto a você da maneira mais categórica", prossegue a epístola, "que descrevo esses assuntos de maneira justa; e você pode compreender facilmente como restrições tão absurdas teriam operado, naqueles dias, para atrasar o progresso da verdadeira ciência, que realiza seus mais importantes avanços — como toda a história haverá de demonstrar — por meio de *saltos* aparentemente intuitivos. Estas antigas ideias condenaram a investigação a se arrastar; e não preciso lhe explicar que se arrastar, entre todas as variedades de locomoção, é à sua maneira algo maiúsculo. Mas só porque a tartaruga tem passo seguro nós devemos cortar as asas da águia? Por muitos séculos, tamanho era o fascínio pelo Porco em especial, que

---

4   Do grego, "númenos": objetos ou eventos conhecidos sem a ajuda dos sentidos. (N. T.)
5   Do grego, "fenômenos". (N. T.)

um freio virtual foi aplicado em todo o pensamento, assim adequadamente chamado. Nenhum homem ousava proferir uma verdade pela qual ele próprio se sentisse devedor de sua própria alma. Não importava que a verdade fosse sequer demonstrável como tal, pois os filósofos dogmatizantes daquela época consideravam apenas *a via* pela qual a verdade professava ter sido atingida. O fim, para eles, era um ponto sem importância: "os meios", vociferavam, "vamos investigar os meios!". E se, neste escrutínio, se fosse descoberto que os meios não estavam nem na categoria do Porco, nem na categoria de Áries (que significa carneiro), ora, então os sábios não davam mais um passo sequer; apenas chamavam o pensador de tolo, e, estigmatizando-o como um 'teórico', jamais, dali em diante, se relacionariam com *ele* ou com suas verdades.

"Agora, meu caro amigo", continua o autor da carta, "não pode ser sustentado que, pela adoção exclusiva do sistema de se arrastar, os homens chegariam à máxima quantidade de verdade, mesmo durante um longo acúmulo de eras; pois a repressão da imaginação era um mal a não ser contrabalanceado até mesmo pela *absoluta* certeza nos processos da lesma. E a certeza deles estava longe de ser absoluta. O erro de nossos progenitores foi um tanto semelhante àquele do espertalhão que pensa que necessariamente verá melhor um objeto quanto mais aproximá-lo dos olhos. Eles também se cegaram com o impalpável e salpicante pó escocês do *detalhe*; e, assim, os alardeados fatos dos p orconianos de modo algum eram sempre fatos — um ponto de pouca importância, a não ser pela presunção de que sempre *eram*. Contudo, a mácula vital no baconianismo, sua mais lamentável fonte de erro, reside em sua tendência de depositar poder e consideração nas mãos de homens meramente perceptivos, daqueles peixes minúsculos entre tritões, dos sábios microscópicos, dos escavadores e mascates de *fatos* menores, em sua maior parte da ciência física — fatos esses que eram todos vendidos pelo mesmo valor na rodovia, seu preço dependendo, supunha-se, apenas do *fato de seu fato*, sem referência à sua aplicabilidade ou inaplicabilidade no desenvolvimento daqueles fatos derradeiros e unicamente legítimos, chamados de Lei.

"Tanto quanto as pessoas", prossegue a carta, "tanto quanto as pessoas assim subitamente elevadas pela filosofia p orconiana a uma posição para a qual não estavam aptas — assim transferidas das cozinhas para as salas de estar da ciência, de suas despensas para seus púlpitos —, tanto quanto esses indivíduos, jamais existiu na face da terra um conjunto de fanáticos e tiranos tão intolerante, tão intolerável. Sua crença, seu texto e seu sermão eram os mesmos, a única palavra '*fato*'. Mas, em sua maioria, até mesmo o significado desta palavra eles desconheciam. Daqueles que se aventuravam a *perturbar* seus fatos com a perspectiva de colocá-los em ordem e em uso, os discípulos do Porco não tinham qualquer piedade. Todas as generalizações topavam logo com as palavras 'teorético', 'teoria', 'teórico'; em suma, todo *pensamento* era muito apropriadamente rechaçado como uma afronta pessoal a eles. Cultivando as ciências naturais em detrimento da metafísica, da matemática e da lógica, muitos destes filósofos engendrados por Bacon — de apenas uma ideia, um lado e uma única perna — eram mais desgraçadamente incapazes, mais miseravelmente ignorantes, tendo em vista todos os objetos compreensíveis pelo conhecimento, do que o mais ignorante dos cegos, que prova que sabe pelo menos alguma coisa ao admitir que não sabe absolutamente nada.

"Tampouco tinham nossos antepassados qualquer direito de falar sobre *certeza* quando perseguiam, com cega confiança, o caminho *a priori* dos axiomas, ou o do Carneiro. Em inúmeros pontos este caminho era quase tão pouco reto quanto o chifre de um carneiro. A verdade simples é que os aristotélicos erigiram seus castelos sobre uma base menos confiável do que o ar; *pois nada como os axiomas jamais existiu ou poderá existir*. Eles deviam estar de fato muito cegos para não o ver, ou pelo menos para não suspeitar disso; pois, mesmo em sua própria época, muitos de seus amplamente reconhecidos 'axiomas' haviam sido abandonados — '*ex nihilo nihil fit*',[6] por exemplo, e 'uma coisa não pode agir onde ela não está', e 'não pode haver antípodas' e 'escuridão não pode proceder da luz'. Essas e numerosas outras proposições similares antes aceitas, sem hesitação, como axiomas, ou como verdades inquestionáveis, foram, mesmo no período ao qual me refiro, consideradas totalmente insustentáveis. Assim, quão absurdo é esta gente persistir em compreender como imutável uma base cuja mutabilidade se tornou tão repetidamente manifesta!

"Porém, mesmo pelas evidências contra eles próprios obtidas por eles próprios, é fácil condenar esses argumentadores *a priori* da mais abjeta desrazão. É fácil revelar a futilidade, a impalpabilidade de seus axiomas em geral. Tenho agora à minha frente", há de se observar que continuamos com a carta, "tenho agora à minha frente um livro impresso cerca de mil anos atrás. Um especialista me assegura de que se trata decididamente da mais inteligente obra antiga deste tópico,

---

6   Do original, em latim: "Nada surge do nada". (N. T.)

que é 'lógica'. O autor, que foi muito estimado em sua época, era um certo Miller, ou Mill;[7] e sobre ele achamos documentado, o que é de alguma importância, que ele conduzia um cavalo de moinho chamado Jeremy Bentham.[8] Mas vamos dar uma olhada no próprio volume!

"Ah! 'A habilidade ou inabilidade de conceber', afirma o sr. Mill, muito apropriadamente, 'não deve *de modo algum* ser aceita como critério de verdade axiomática.' Ora, que este é um truísmo palpável ninguém em seu juízo pleno há de negar. *Não* admitir a proposição é insinuar uma carga de variabilidade na própria verdade, cujo próprio título é um sinônimo de firmeza. Se a habilidade de conceber for considerada um critério da verdade, então uma verdade para *David* Hume muito raramente seria uma verdade para *Joe*; e 99% do que é inegável no Céu seriam falsidades demonstráveis na Terra. A proposição do sr. Mill, assim, se sustenta. Não vou assegurar que seja um *axioma*; e isto apenas porque estou mostrando que *nenhum* axioma existe; mas, com uma distinção que não poderia ter sido cavilada sequer pelo próprio sr. Mill, estou pronto para garantir que, *se* algum axioma *existe*, então a proposição da qual falamos tem todo o direito de ser considerada um axioma — e que outro axioma *mais* absoluto não *existe*. E que, consequentemente, qualquer proposição subsequente que possa conflitar com esta primeiramente adiantada deverá ser ou uma falsidade por si só — ou seja, não um axioma —, ou, caso admitida como axiomática, deve ao mesmo tempo neutralizar a si mesma e à sua predecessora.

---

[7] Tudo indica se tratar de John Stuart Mill, filósofo inglês do século XIX. "Mill" também significa, entre outras coisas, moinho. (N. T.)

[8] Filósofo e jurista inglês, de quem John Stuart Mill foi discípulo. (N. T.)

"E agora, pela lógica de seu próprio propositor, vamos proceder ao teste de qualquer um dos axiomas apresentados. Vamos dar ao sr. Mill o mais limpo dos jogos. Levaremos o tema a um resultado nada ordinário. Escolheremos para examinar um axioma longe do lugar-comum — um axioma que ele, e só por ter aludido a isso não torna o fato menos absurdo, entende ser de classe secundária. Não escolheremos, digo eu, um axioma cuja inquestionabilidade seja tão questionável quanto pode ser observado em Euclides. Não falaremos, por exemplo, de tais proposições como aquela de que duas linhas retas não podem se cruzar em um plano, ou aquela de que o todo é maior do que qualquer uma de suas partes. Vamos dar *toda* vantagem ao lógico. Vamos abordar de imediato uma proposição que ele entende ser o ápice da inquestionabilidade — a quintessência da inquestionabilidade axiomática. Ei-la: 'Contradições não podem ser *ambas* verdadeiras. Isto é, não podem coexistir na natureza'.

"Aqui, o sr. Mill quer dizer, por exemplo — e eu forneço o exemplo mais efetivo que se possa conceber —, que uma árvore deve ser ou uma árvore, ou *não ser* uma árvore. Que ela não possa ser *e* não ser uma árvore ao mesmo tempo; tudo isso é bem razoável por si só e há de servir notavelmente como um axioma, até que o confrontemos com um axioma em que insistimos algumas páginas antes; em outras palavras — palavras que utilizei anteriormente —, até que o testemos pela lógica de seu próprio propositor. 'Uma árvore', assevera o sr. Mill, 'deve ou ser uma árvore ou *não* ser uma árvore.' Pois bem. Agora permita-me perguntar a ele: *por quê?* Para esta pequena pergunta há apenas uma resposta; desafio qualquer homem vivo a inventar outra. A única resposta é esta: 'Porque pensamos ser *impossível conceber* que uma árvore possa ser qualquer outra coisa além de uma árvore ou uma não árvore'.

"Esta é, repito, a única resposta do sr. Mill. Ele não *cogitará* sugerir outra. E no entanto, por sua própria demonstração, sua resposta evidentemente não é resposta coisa nenhuma, pois não teria ele nos levado a admitir, *como um axioma*, que a habilidade ou a inabilidade de conceber não deve *de modo algum* ser considerada um critério de verdade axiomática? Assim, toda, absolutamente *toda* a sua argumentação estará à deriva, sem leme algum. Que não seja instado que uma exceção à regra geral deva ser feita, em casos nos quais a 'impossibilidade de conceber' seja tão peculiarmente grande como quando somos conjurados a conceber uma árvore como *ambas* uma árvore e uma não árvore. Que não se faça nenhuma tentativa, digo eu, de insistir nesta idiotice; pois, em primeiro lugar, não existem *gradações* de 'impossibilidade', e deste modo nenhuma concepção impossível pode ser *mais* peculiarmente impossível do que outra concepção impossível. Em segundo lugar, o próprio sr. Mill, sem dúvida após profunda deliberação, excluiu, da maneira mais distinta e racional, qualquer possibilidade de exceção, por meio da ênfase de sua proposição de que *em caso algum* a habilidade ou a inabilidade de conceber deve ser considerada um critério de verdade axiomática. Em terceiro lugar, mesmo que exceções fossem em geral admissíveis, ainda é necessário que se demonstre como qualquer exceção possa ser admitida *aqui*. Que uma árvore possa tanto ser uma árvore como não ser uma árvore é uma ideia que anjos, ou demônios, *podem* cultivar, e a qual sem dúvida vários dos mundanos dos *bedlamitas*, ou transcendentalistas, *cultivam*.

"Agora, não discuto com esses anciãos", continua o autor da carta, "*tanto* pela transparente frivolidade de sua lógica — que, para ser claro, era ao mesmo tempo fantasiosa e desprovida de base e de valor —, mas pelo pomposo e apaixonado afastamento de todas as *outras* vias rumo à verdade, à exceção de dois estreitos e tortuosos caminhos: o de se rastejar e o de se arrastar, dentro dos quais, em sua ignorante perversidade, eles ousaram confinar a alma — a alma, cujo maior amor é se elevar àquelas regiões de ilimitada intuição as quais são profundamente incônscias do '*caminho*'.

"Ademais, meu querido amigo, não seria uma evidência da escravidão mental imposta a essa gente fanática por seus Porcos e Carneiros que, apesar do interminável papo fiado de seus sábios sobre os *caminhos* para a Verdade, nenhum deles chegou, nem mesmo por acidente, ao que agora percebemos tão claramente ser o mais amplo, o mais direto e o mais acessível de todos os meros caminhos, a grande via pública, a majestosa estrada do *consistente*? Não seria maravilhoso que eles tenham falhado ao deduzir, das obras de Deus, a essencialmente extraordinária consideração de que *uma consistência perfeita não pode ser nada além de uma verdade absoluta*? Quão amplo, quão rápido o nosso progresso desde o tardio anúncio dessa proposição! Graças a ela, a investigação foi retirada das patas de toupeiras, e dada como um dever, mais do que como uma tarefa, aos verdadeiros, aos *únicos* verdadeiros pensadores, aos homens instruídos e de imaginação ardente. Estes últimos — nossos Keplers,[9] nossos Laplaces[10] — 'especulam', 'teorizam'; estes são os termos. Será que

---

9   Johannes Kepler, astrônomo, astrólogo e matemático alemão. (N. T.)
10 Pierre Simon Laplace, astrônomo, matemático e físico francês. (N. T.)

você consegue imaginar o grito de desprezo com que seriam recebidos por nossos progenitores, se lhes fosse possível olhar por sobre meus ombros enquanto escrevo? Os Keplers, repito, especulam, teorizam, e suas teorias são no máximo corrigidas, reduzidas, peneiradas, aclaradas, pouco a pouco, de sua casca de consistência, até que finalmente resulte aparente uma *consistência* desimpedida — uma consistência que até o mais estúpido admite — porque *é* uma consistência — ser uma absoluta e inquestionável *verdade*.

"Com frequência tenho pensado, meu amigo, que esses dogmáticos de mil anos atrás devem ter se confundido pela necessidade de determinar por qual de suas duas alardeadas vias o criptografista atinge a solução das mais complicadas cifras. Ou por qual delas Champollion[11] conduziu a humanidade até aquelas importantes e inumeráveis verdades que, por tantos séculos, permaneceram enterradas em meio aos hieróglifos fonéticos do Egito. Acima de tudo, não teria representado a esses fanáticos algum problema ter de determinar por qual de suas duas vias se alcançaria a mais importante e sublime de *todas* as suas verdades — a verdade, o fato, da *gravitação*? Newton[12] a deduziu a partir das leis de Kepler. Kepler admitiu que *supôs* essas leis — leis cuja investigação revelou ao maior dos britânicos aquele princípio, a base de todos os princípios físicos (existentes), por meio do qual entramos decididamente no nebuloso reino da metafísica. Sim! Essas leis vitais Kepler *supôs*, ou seja, ele as *imaginou*. Caso lhe tivessem pedido para apontar a rota *de*dutiva ou *in*dutiva por meio da qual chegou a elas, sua resposta poderia ter sido 'eu nada sei de *rotas*,

---

11 Jean-François Champollion, filólogo francês. (N. T.)
12 Isaac Newton, matemático e físico inglês. (N. T.)

mas conheço as engrenagens do universo. Aqui estão. Alcancei-as com a *minha alma* — atingi-as pela mera força da *intuição*'. Ai dele, um velho pobre e ignorante! Será que nenhum metafísico poderia ter lhe dito que o que ele chama de 'intuição' não era nada senão a convicção resultante das *deduções* ou *induções* cujos processos eram obscuros a ponto de terem escapado de sua consciência, enganado sua razão, ou apresentado um desafio à sua capacidade de expressão? Quão lamentável que algum 'filósofo moral' não o tenha esclarecido sobre tudo isso! Quanto o teria reconfortado em seu leito de morte saber que, em vez de ter prosseguido intuitivamente, portanto inadequadamente, ele, na verdade, procedeu decorosa e legitimamente — ou seja, de maneira p orconiana , ou ao menos c arneiriana — rumo aos vastos salões onde jazem resplandecentes, sem serem cultivados, e até então intocados por mãos mortais, ocultos de olhos mortais, os indestrutíveis e inestimáveis segredos do universo!

"Sim, Kepler era essencialmente um *teórico*; mas este título, *agora* tão santificado, era, naqueles dias antigos, uma designação de absoluto desprezo. Apenas *agora* homens começam a apreciar aquele ancião divino — a simpatizar com a rapsódia profética e poética de suas sempre memoráveis palavras. De *minha* parte", continua o missivista desconhecido, "ardo com um fogo sagrado ao sequer pensar nelas, e sinto que jamais me cansarei de repeti-las. Ao concluir esta carta, permita-me o verdadeiro prazer de transcrevê-las mais uma vez: '*Não me importo se meu trabalho for lido agora ou na posteridade. Se até Deus esperou seis mil anos por um observador, posso aceitar esperar um século por leitores. Eu triunfo. Roubei o segredo dourado dos egípcios. Saciarei minha fúria sagrada.*'"

Aqui terminam minhas citações desta epístola tão inescrutável e, talvez, impertinente; e talvez seja loucura comentar, a qualquer respeito, sobre as fantasias quiméricas, para não dizer revolucionárias, do autor — quem quer que seja —, fantasias tão radicais em suas investidas contra opiniões bem consideradas e estabelecidas destes tempos. Vamos proceder, então, à nossa tese legítima: *o universo*.

Esta tese admite uma escolha entre duas modalidades de debate: podemos *as*cender ou *des*cender. Começando em nosso próprio ponto de vista — na Terra que nos sustenta —, podemos ir a outros planetas de nosso sistema, dali para o Sol, dali para o nosso sistema considerado coletivamente, e dali, por meio de outros sistemas, indefinitivamente para o exterior; ou, começando do alto em algum ponto tão definitivo quanto formos capazes de cogitar ou conceber, podemos descer até a morada da humanidade. Geralmente — quer dizer, em ensaios corriqueiros sobre astrologia —, a primeira dessas duas modalidades é, com alguma reserva, adotada. Isto se dá pela razão óbvia de que *fatos* astronômicos, meramente, e princípios, considerados como a finalidade, são um objeto mais fácil de ser alcançado a partir do que é conhecido, por causa da proximidade, rumando ao ponto onde toda certeza se torna perdida no ermo. Para o meu presente propósito, contudo — o de permitir à mente incorporar, como se à distância e por meio de um mero vislumbre, uma concepção distinta do universo *individual* —, está claro que um descenso à pequenez a partir da grandiosidade, aos limites a partir do centro, ao final a partir do início (se conseguíssemos imaginar um início), seria o percurso preferível não fosse pela dificuldade, senão pela impossibilidade, de apresentar, neste percurso, um retrato no todo compreensível para os não astrônomos em respeito àquelas considerações envolvidas na *quantidade* — quero dizer, em número, magnitude e distância.

Ora, a distinção — a intelecção — de todos os pontos é um traço primário de meu propósito geral. Sobre tópicos importantes, é melhor ser um bocado prolixo do que ser sequer um pouquinho obscuro. Mas a abstrusão é uma qualidade que não pertence a nenhum tema em si. Todos são semelhantes, em termos de facilidade de compreensão, àquele que se aproxima deles por meio de passos propriamente graduais. Deve-se somente ao fato de, aqui e ali, um degrau ser descuidadamente deixado de lado em nosso caminho para o cálculo diferencial que este último não seja algo tão totalmente simples quanto um soneto do sr. Solomon Seesaw.[13]

Para que não seja admitida, então, *nenhuma* chance de mal-entendido, creio ser recomendável proceder como se até mesmo os fatos mais óbvios da astronomia não fossem conhecidos pelo leitor. Combinando os dois modos de discussão aos quais me referi, proponho me amparar nas vantagens pertencentes a cada um — e muito especialmente na *detalhada reiteração* que será inevitável como uma consequência do plano. Começando com uma descida, hei de reservar, ao retorno para cima, aquelas indispensáveis considerações de *quantidades* às quais já aludi.

Comecemos então, de imediato, com a mais singela das palavras: "infinito". Esta, como "Deus", "espírito" e algumas outras expressões para as quais há equivalentes em todos os idiomas, não é de modo algum a expressão de uma ideia, mas do esforço de uma ideia. Ela sustenta o intento possível de uma concepção impossível. A humanidade

---

13   Personagem de um romance publicado em 1839 por John Parish Robertson. (N. T.)

precisava de um termo com o qual apontar a *direção* desse esforço — a nuvem por trás da qual reside, para sempre invisível, o *objeto* desse intento. Uma palavra, por fim, era necessária, por meio da qual um ser humano pudesse se relacionar imediatamente com outro ser humano, e com uma certa *tendência* do intelecto humano. Dessa necessidade surgiu a palavra "infinito", que, dessa forma, não representa nada senão o *pensamento de um pensamento*.

Quanto *àquele* infinito agora considerado — o infinito do espaço —, com frequência nós ouvimos dizer que "sua ideia é admitida pela mente, é consentida, é cultivada, por causa da maior dificuldade que acompanha a concepção de um limite". Mas esta é apenas uma daquelas *frases* com as quais até profundos pensadores, de tempos imemoriais, ocasionalmente sentiram prazer em enganar *a si mesmos*. A sutileza jaz oculta na palavra "dificuldade". "A mente", dizem-nos, "nutre a ideia de um espaço *ilimitado* por conta da maior *dificuldade* que encontra de nutrir a ideia de ele ser *limitado*." Ora, se a proposição fosse colocada de maneira *correta*, seu absurdo se tornaria evidente de imediato. Claramente não existe *dificuldade* no caso. A asserção pretendida, se apresentada *de acordo* com sua intenção e sem sofismas, seria a seguinte: "A mente admite a ideia do espaço ilimitado por conta da maior *impossibilidade* de apreender que ele seja limitado".

Deve-se imediatamente perceber que esta não é uma questão de duas declarações entre cujas respectivas credibilidades — ou de dois argumentos entre cujas respectivas validades — a *razão* é convocada a decidir. É uma questão de duas concepções diretamente conflitantes, e cada uma delas manifestamente impossível, uma das quais se supõe que o *intelecto* seja capaz de apreender, por conta da maior *impossibilidade* de apreender a outra. A escolha *não* é feita entre duas dificuldades; apenas *imagina-se* que seja feita entre duas impossibilidades. Ora, na anterior *há* gradações; mas na última não há nenhuma, justamente como o impertinente autor da carta já havia sugerido. Uma tarefa *pode* ser mais ou menos difícil; mas ou é possível ou não é possível, não há gradações. *Poderia* ser mais *difícil* destruir os Andes do que um formigueiro; mas *não pode* ser mais *impossível* aniquilar a matéria de um do que a matéria de outro. Um homem pode pular três metros com menos *dificuldade* do que pode pular seis, mas a *impossibilidade* de ele saltar até a Lua não é nem um milímetro menor do que a de saltar até a estrela do Cão Maior.[14]

Como tudo isso é inegável; como a escolha da mente deve ser feita entre concepções de *impossibilidade*; como uma impossibilidade não pode ser maior do que a outra; e como, desta forma, uma não pode ser preferida à outra, os filósofos que não apenas sustentam, nas bases mencionadas, a *ideia* humana de infinito, mas também, por conta daquela suposta ideia, o *próprio infinito*, estão amplamente engajados em defender que uma coisa impossível seja possível ao demonstrar como é que alguma outra coisa também é impossível. Isso, logo será dito, é um absurdo; e talvez seja. De fato, acredito ser um absurdo tremendo; mas renuncio a qualquer reivindicação de que seja um absurdo meu.

O modo mais imediato, contudo, de demonstrar a falácia do argumento filosófico sobre essa questão é simplesmente chamar a atenção para um *fato* a ele relacionado que até então vem sendo

---

14   Sírius. (N. T.)

bastante negligenciado — o fato de que o argumento a ambos aludido tanto prova como reprova a sua própria proposição. "A mente é impelida", dizem os teólogos e outros, "a admitir uma *causa primeira*, por conta da dificuldade superior que experimenta em conceber indefinidamente causa após causa." A sutileza, como antes, reside na palavra "dificuldade"; mas, *aqui*, o que seu emprego sustenta? Uma causa primeira. E o que é uma causa primeira? Um limite definitivo de causas. E o que é um limite definitivo de causas? Finitude — o finito. Eis a sutileza, nos dois processos, por sabe-se lá quantos filósofos, feita para defender ora a finitude e ora a infinitude; não poderia ela ser utilizada para defender algo além disso? Quanto às sutilezas — *elas*, pelo menos, são insustentáveis. Mas, para dispensá-las de uma vez: o que provam em um caso é o idêntico nada que demonstram no outro.

Claro, ninguém vai supor que aqui defendo a absoluta impossibilidade *daquilo* que tentamos expressar na palavra "infinito". Meu propósito não é senão demonstrar a loucura de se tentar provar o próprio infinito, ou mesmo sua concepção, por qualquer um dos equivocados raciocínios como aqueles geralmente empregados.

Não obstante, como um indivíduo, que me seja permitido afirmar que *não consigo* conceber o infinito, e estou convencido de que nenhum ser humano consegue. Uma mente não de todo consciente de si mesma — não acostumada à análise introspectiva de suas próprias operações — com frequência vai, é verdade, enganar-se ao supor que *foi capaz* de cultivar a concepção da qual falamos. No esforço de apreendê-la, procedemos passo a passo — imaginamos ponto a ponto; e desde que *continuemos* o esforço, pode ser dito, de fato, que estamos *tendendo* à formação da ideia pretendida; enquanto a força da impressão que nós realmente formamos ou que a tinha formado está na proporção do período no qual mantemos o esforço mental. Mas é no ato de interromper o esforço, de atingir (como pensamos) a ideia, de dar o arremate final (como supomos) à concepção, que destroçamos de uma vez o tecido de nossas ilusões ao permanecer em um ponto derradeiro, e portanto definitivo. Esse fato, no entanto, falhamos a perceber, por causa da absoluta coincidência, no tempo, entre o estabelecimento do ponto derradeiro e o ato de pararmos de pensar. Por outro lado, ao tentarmos atingir a ideia de um espaço *limitado*, nós apenas expressamos os processos que envolvem a impossibilidade.

Nós *acreditamos* em um Deus. Nós podemos ou não *acreditar* no espaço finito ou infinito; mas nossa crença, nestes casos, é mais apropriadamente descrita como *fé*, o que é algo bem distinto daquela crença propriamente dita, daquela crença *intelectual*, que pressupõe a concepção mental.

O fato é que, ante a enunciação de qualquer um daqueles tipos de termos aos quais "infinito" pertence — o tipo representando *pensamentos de pensamentos* —, quem *de fato* tem o direito de dizer que pensa se sente convocado *não* a desenvolver uma concepção, mas simplesmente a direcionar sua visão mental a um determinado ponto, no firmamento intelectual, onde se encontra uma nebulosa que jamais será resolvida. Para resolvê-la, na verdade, ele não faz esforço algum; pois com um rápido instinto compreende não apenas a impossibilidade, mas, como acontece com todos os propósitos humanos, a *inessencialidade* de sua solução. Ele percebe que a divindade não a *concebeu* para que fosse resolvida. Ele vê, de imediato, que ela se encontra *fora* do cérebro do homem, e vê até mesmo *como*, se não exatamente *por quê*, ela se encontra fora dele. *Existem* pessoas, e eu sei disso, que, ocupando-se de buscar o inalcançável, conquistam muito facilmente, por causa do jargão que proferem, em meio àqueles-que-pensam-que--pensam para quem obscuridade e agudeza são sinônimos, uma espécie de reputação de molusco pela profundidade; mas a mais refinada qualidade do pensamento é seu autoconhecimento, e, com o risco de incorrer em algum pequeno equívoco, pode-se afirmar que nenhuma névoa da mente consegue ser maior do que aquela que, estendendo-se até os limites do domínio mental, desativa até mesmo esses limites para a compreensão.

Agora será compreendido que, ao usar a frase "infinito do espaço", eu não pretendo conjurar o leitor a cultivar a impossível concepção de uma infinidade *absoluta*. Refiro-me apenas à "*máxima expansão concebível*" do espaço — um domínio sombrio e flutuante, ora encolhendo, ora se dilatando, de acordo com as vacilantes energias da imaginação.

Até hoje, o universo das estrelas sempre foi considerado como coincidente com o universo propriamente dito, conforme defini no começo deste discurso. Sempre se assumiu direta ou indiretamente — pelo menos desde a aurora da astronomia inteligível — que, se a nós fosse possível atingir qualquer ponto no espaço, encontraríamos, por todos os lados, uma interminável sucessão de estrelas. Esta era a insustentável ideia de Pascal quando ele desenvolvia talvez a mais bem -sucedida tentativa já empreendida de definir a concepção com a qual nos debatemos na palavra "universo". "É uma esfera", diz ele, "cujo centro está em todo lugar, e a circunferência, em lugar algum." Mas apesar de essa pretendida definição, na verdade, *não ser* uma definição do universo de estrelas, nós podemos aceitá-la, com alguma reserva mental, como uma definição (rigorosa o suficiente para todos os intuitos práticos) do universo *propriamente dito* — isto é, do universo *espacial*. Contemplemos este último, então, como "*uma esfera cujo centro está em todo lugar, e a circunferência, em lugar algum*". Na verdade, enquanto entendemos ser impossível conceber um *fim* para o espaço, não temos dificuldade em nos imaginar em qualquer início de uma infinidade de *inícios*.

Como nosso ponto de partida, então, adotemos a *Divindade*. Sobre essa Divindade *em si*, o único que não é imbecil, o único que não é ímpio é aquele que nada propõe. "*Nous ne connaissons rien*", diz o barão de Bielefeld, "*Nous ne connaissons rien de la nature ou de l'essence de Dieu; pour savoir ce qu'il est, il faut être Dieu même*". "Nós não sabemos absolutamente *nada* da natureza ou da essência de Deus; para compreendermos o que Ele é, teríamos de ser Deus nós mesmos".

"*Teríamos de ser Deus nós mesmos!*" Com uma frase tão surpreendente ainda ressoando em meus ouvidos, eu, não obstante, aventuro-me a indagar se esta nossa atual ignorância sobre a deidade é uma ignorância à qual a alma está *para sempre* condenada.

Pois *Ele*, contudo — *agora*, pelo menos, o incompreensível —, pois Ele, assumindo-O como um *espírito*, ou seja, como *não matéria* — uma distinção que, para todos os propósitos inteligíveis, vai se sustentar bem no lugar de uma definição —, pois Ele, então, existindo como espírito, vamos nos contentar, nesta noite, em supor que Ele tenha sido *criado*, ou feito do nada, pela força de Sua vontade, em algum ponto do espaço que compreenderemos como o centro, em algum período que não pretendemos inquirir, mas que, para todos os efeitos, é imensamente remoto — pois Ele, então e mais uma vez, vamos supor que tenha criado... *o quê?* Essa é uma época de importância vital em nossas considerações. *O que* é que nos permite — o que, por si só, nos permite supor que tenha sido, primária e unicamente, *criado*?

Atingimos um ponto no qual apenas a *intuição* pode nos auxiliar. Mas agora me permita recorrer à ideia a qual já sugeri como a única que podemos considerar apropriadamente como intuição. Ela é tão somente *a convicção surgida daquelas induções ou deduções cujos processos são tão nebulosos que escapam de nossa consciência, iludem nossa razão, ou desafiam nossa capacidade de expressão.* Com esse entendimento, agora afirmo que uma intuição completamente irresistível, apesar de inexprimível, me força a concluir que o que Deus criou originalmente — aquela matéria que, por força de Sua vontade, Ele primeiro fez a partir de seu espírito, ou a partir do nada, *não poderia ter sido* nada além de matéria em seu último estado concebível de... o quê? De *simplicidade*?

Isso estará alicerçado na única *suposição* absoluta do meu discurso. Uso a palavra "suposição" em seu sentido ordinário; contudo, defendo que mesmo esta minha proposição primária está de fato muito, muito longe de ser uma mera suposição. Nada jamais foi tão certo — nenhuma conclusão humana, de fato, jamais foi tão regularmente, tão rigorosamente *de*duzida. Mas, ai de mim! Os processos se encontram fora da análise humana; para todos os efeitos, estão além do enunciado da linguagem humana.

Vamos agora tentar conceber o que deve ser a matéria quando, ou se, estiver em seu absoluto extremo de *simplicidade*. Aqui a razão voa de imediato rumo à imparticularidade — a *uma* partícula, uma partícula *única*, de característica *única*, de natureza *única*, de tamanho *único*, de tamanho *único* —, uma partícula, portanto, "*sem* forma e vazia"; uma partícula que positivamente é uma partícula sob todos os pontos de vista — uma partícula absolutamente única, individual, indivisa e que não é indivisível apenas porque Aquele que a *criou*, pela força de Sua vontade, pode, por meio de um exercício infinitamente menos poderoso da mesma vontade, é claro, dividi-la.

Unicidade, portanto, é tudo que preconizo da matéria originalmente criada; mas me proponho a mostrar que essa *unicidade é um princípio abundantemente suficiente para dar conta da constituição, dos fenômenos existentes e da diretamente inevitável aniquilação, ao menos do universo material.*

A vontade de se transformar na partícula primordial completou o ato, ou, mais propriamente, a *concepção* da criação. Agora procedemos ao derradeiro propósito pelo qual havemos de supor que a partícula foi criada — isto é, o derradeiro propósito até onde nossas considerações *ainda* nos permitem vê-lo: a constituição do universo a partir dela, a partícula.

Essa constituição foi efetivada ao se *forçar* o *um* original e portanto normal na condição anormal de *muitos*. Uma ação dessa natureza implica reação. Uma difusão da unidade, sob essas condições, envolve uma tendência de retorno à unidade — uma tendência que não será erradicada até ser satisfeita. Mas tratarei mais aprofundadamente destes pontos adiante.

O pressuposto de absoluta unidade na partícula primordial inclui o da infinita divisibilidade. Concebamos a partícula, então, como estando ainda não totalmente exaurida pela difusão no espaço. A partir da partícula única, como um centro, vamos supô-la irradiada esfericamente — em todas as direções — por distâncias imensuráveis mas ainda definidas no espaço até então vazio. Um certo número inexprimivelmente grande porém limitado de átomos inimaginavelmente minúsculos, e, no entanto, não infinitamente minúsculos .

Ora, desses átomos assim difusos, ou em difusão, quais condições podemos não assumir, mas inferir, a partir da consideração tanto de sua fonte quanto das características do esquema aparente de sua difusão? Sendo sua fonte a *unidade*, e a *diferença da unidade* a característica do esquema manifestado em sua difusão, asseguramo-nos de supor que tal característica seja ao menos *geralmente* preservada ao longo do esquema, e que forme uma porção do próprio esquema; isto é, estaremos seguros de conceber diferenças contínuas em todos os pontos a partir da singularidade e da simplicidade da origem. Mas, por essas razões, será que se justifica imaginarmos os átomos como heterogêneos, diferentes, desiguais e não equidistantes? Mais explicitamente: podemos considerar que não houve dois átomos, conforme se difundem, da mesma natureza, ou da mesma forma, ou do mesmo tamanho? E, após a conclusão de sua difusão pelo espaço, deveremos entender que a absoluta ausência de equidistância, de cada um para cada outro, se aplicou a todos eles? Em tal arranjo, sob tais condições, compreendemos de forma mais fácil e imediata a execução subsequente e mais viável de qualquer esquema como o que eu havia sugerido — o esquema da variedade a partir da unidade, da diversidade a partir da similaridade, da heterogeneidade a partir da homogeneidade, da complexidade a partir da simplicidade;

em uma palavra, a multiplicidade máxima possível de *relação* a partir do enfaticamente não relativo *um*. Sem dúvidas, portanto, *devemos* estar seguros ao assumir tudo o que foi mencionado, à exceção da reflexão, em primeiro lugar, de que o excesso em qualquer ato divino não é presumível, e, em segundo lugar, de que o objeto supostamente em vista surge como viável quando algumas das condições em questão são dispensadas no início, assim como todas são compreendidas imediatamente como existentes. Quero dizer que algumas estão envolvidas no resto, ou são uma consequência tão instantânea delas, que tornam inobservável a distinção. A diferença de *tamanho*, por exemplo, será imediatamente provocada pela tendência de um átomo a um segundo, em detrimento de um terceiro, devido à ausência de uma equidistância específica; o que deve ser compreendido como *ausências de equidistâncias particulares entre centros de quantidade, em átomos vizinhos de diferentes formas* — uma matéria que de modo algum interfere na distribuição geralmente equilibrada dos átomos. A diferença de *tipo* também é facilmente concebida como um mero resultado de diferenças no tamanho e na forma, tomados mais ou menos em conjunto. Com efeito, considerando que a *unidade* da partícula absoluta implica absoluta homogeneidade, não conseguimos imaginar os átomos, durante sua difusão, diferindo no tipo, sem imaginar, ao mesmo tempo, um exercício especial da vontade divina na emissão de cada átomo, com o propósito de efetuar, em cada um deles, uma mudança em sua natureza essencial. Uma ideia tão fantástica deve ser menos tolerada, uma vez que o objeto proposto é visto como totalmente alcançável sem uma interposição tão minuciosa e elaborada. Percebemos, portanto, no todo, que seria excessivo e consequentemente antifilosófico preconizar os átomos, tendo em vista seus propósitos, como algo mais do que *diferença de forma* em sua dispersão, com uma ausência de equidistância particular depois dela — todas as outras diferenças surgindo ao mesmo tempo a partir dessa, nos primeiríssimos processos de constituição da massa. Estabelecemos, assim, o universo a partir de uma base puramente *geométrica*. Claro, de modo algum é necessário assumir a absoluta diferença, até mesmo de forma, entre *todos* os átomos irradiados — não mais do que a absoluta ausência de equidistância particular de um para outro. Somos obrigados a conceber apenas que nenhum dos átomos *vizinhos* tem forma similar — nenhum dos átomos pode jamais se aproximar, até sua inevitável reunião no final.

Embora a *tendência* imediata e perpétua dos átomos desunidos de retornar à sua unidade regular esteja implícita, como afirmei, em sua difusão anormal, mesmo assim é evidente que essa tendência não terá consequências — será uma tendência e nada mais —, até que a energia difundida, ao cessar de ser exercida, deixe-*a*, essa tendência, livre para buscar sua realização. O ato divino, no entanto, sendo considerado como determinado, e descontinuado com a conclusão da difusão, entendemo-lo, de imediato, como uma *reação* — em outras palavras, uma tendência *realizável* de os átomos desunidos retornarem à *unidade*.

Mas com a retirada da energia difusiva, e com o início da reação em prol do esquema derradeiro — aquele da máxima relação possível —, esse esquema agora corre o risco de ser frustrado, em razão daquela mesma tendência a retornar que é a de efetuar a sua conclusão no geral. *Multiplicidade* é o objeto; mas não existe nada para evitar que átomos próximos colapsem de imediato, por meio da tendência que agora é satisfatória, *antes* da realização de qualquer finalidade proposta na multiplicidade, de absoluta unidade entre eles. Não há nada para impedir a agregação de várias massas *únicas*, em vários pontos do espaço; em outras palavras, nada para interferir na acumulação de várias massas, cada uma sendo absolutamente *única*.

Para a conclusão efetiva e completa do esquema geral, enxergamos, assim, a necessidade de uma repulsão de capacidade limitada — de *algo* separador que, no momento da retirada da vontade difusiva, possa ao mesmo tempo permitir a aproximação e impedir a junção dos átomos, possibilitando que eles se aproximem infinitamente, enquanto lhes negue o contato decisivo; em uma palavra, tendo o poder *até um certo ponto* de evitar sua *coligação*, mas sem habilidade de interferir em sua *aglutinação* em qualquer nível ou *gradação*. A repulsão, já considerada tão peculiarmente limitada em outros aspectos, deve ser compreendida, repito, como detendo o poder para evitar a absoluta coligação *até um certo ponto*. A menos que venhamos a conceber que o apetite por se unificar entre os átomos esteja condenado a *nunca* ser satisfeito; a menos que venhamos a conceber que o que teve um início não terá fim — uma concepção que não pode ser *realmente* cultivada, por mais que possamos falar dela ou sonhar com ela —, somos levados a concluir que a imaginada influência repulsiva vai, finalmente — sob a pressão da *única tendência coletivamente* aplicada, mas nunca e em nenhum grau, na realização dos propósitos divinos, tal aplicação coletiva será naturalmente realizada —, ceder a uma força a qual, naquele ponto derradeiro, haverá de ser a força precisamente superior na dimensão exigida, e assim permitirá a subsidência universal para dentro da inevitável — por ser original e portanto ordinária — *unidade*. As condições a serem conciliadas aqui são de fato difíceis; não podemos sequer compreender a possibilidade de sua conciliação. Ainda assim, a aparente impossibilidade é brilhantemente sugestiva.

Que de fato exista algo capaz de repulsão, *nós vemos*. O homem não utiliza nem conhece uma força suficiente para colocar dois átomos em contato. Esta é tão somente a bem conhecida proposição da impenetrabilidade da matéria. Qualquer experimento a comprova, toda filosofia a admite. Esforcei-me para mostrar o *propósito* da repulsão — a necessidade de sua existência; mas me abstive religiosamente de toda tentativa de investigar sua natureza, e isso por conta de uma convicção intuitiva de que o princípio em questão é estritamente espiritual — de que ele reside em um recesso inacessível à nossa atual compreensão, envolvido em uma consideração do que agora, em nosso estado humano, *não deve* ser considerado; em uma consideração do *próprio espírito*. Em suma, eu sinto que aqui o Deus se interpôs, e aqui apenas, porque aqui e somente aqui o nó demandava Sua interposição.

Na verdade, enquanto a tendência dos átomos dispersos de voltar à unidade será reconhecida, de imediato, como o princípio da gravidade newtoniana, o que aqui determinei como uma influência repulsiva a prescrever limites para a (imediata) realização dessa tendência será compreendida como *aquilo* que ora temos tido a prática de designar como calor, ora como magnetismo, ora como *eletricidade*; assim, demonstramos nossa ignorância sobre sua terrível essência com a vacilante fraseologia com a qual tentamos circunscrevê-la.

Chamando-a, pelo momento, de eletricidade, sabemos que toda análise experimental da eletricidade forneceu, como resultado derradeiro, o princípio, ou possível princípio, da *heterogeneidade*. A eletricidade é aparente *apenas* onde as coisas se diferem; e pode-se presumir que elas *nunca* se difiram onde a eletricidade não se desenvolveu, ou onde ao menos não está aparente. Agora, este resultado está corroborando totalmente aquele que alcancei de maneira não empírica. Venho defendendo que o propósito da influência repulsiva é o de evitar a unidade imediata entre os átomos dispersos; e que esses átomos sejam representados como diferentes entre si. *A diferença* é sua característica, sua essência, assim como a *não diferença* era a essência de sua fonte. Desta forma, quando dizemos que uma tentativa de reunir dois desses átomos induziria a um esforço, por parte da influência repulsiva, de evitar o contato, podemos também inverter a frase no sentido de que uma tentativa de reunir duas diferenças há de resultar em uma geração de eletricidade. Todos os corpos existentes, é claro, são compostos desses átomos em contato próximo, e devem portanto ser considerados como meros agrupamentos de mais ou menos diferenças; e a resistência criada pelo espírito repelidor contra a reunião de dois desses agrupamentos seria proporcional às duas somas das diferenças em cada — uma expressão a qual, quando reduzida, equivale ao seguinte: *A quantidade de eletricidade criada na aproximação de dois corpos é proporcional à diferença entre as respectivas somas dos átomos que compõem esses corpos.* Que *nenhum* corpo seja absolutamente igual a outro é um simples corolário de tudo o que foi exposto aqui. A eletricidade, portanto, posto que sempre exista, é *gerada* sempre que *qualquer* corpo seja colocado em aproximação, mas se *manifesta* apenas quando os corpos são de notável diferença.

Sobre a eletricidade — assim, pelo momento, continuaremos a chamá-la —, *não podemos* estar errados quando a ela atribuímos as várias aparências físicas da luz, do calor e do magnetismo; mas estaremos ainda menos passíveis de errar ao atribuir a este princípio estritamente espiritual os mais importantes fenômenos da vitalidade, da consciência e do *pensamento*. Sobre este assunto, no entanto, preciso fazer uma interrupção *aqui* apenas para sugerir que tais fenômenos, sejam eles observados no geral ou em detalhes, parecem proceder *ao menos na proporção do heterogêneo*.

Descartando agora os dois termos equivocados, "gravitação" e "eletricidade", vamos adotar duas expressões mais precisas, "atração" e "repulsão". A primeira é o corpo; a segunda, a alma. Uma é o princípio material; a outra, o princípio espiritual do universo. *Nenhum outro princípio existe*. Todos os fenômenos se referem a um ou a outro princípio, ou aos dois combinados. Tão decisivamente é o caso, e tão completamente demonstrável é ele, de que atração e repulsão são as *únicas* propriedades por meio das quais apreendemos o universo — em outras palavras, por meio das quais a matéria se manifesta para a mente —, que, em nome de todos os propósitos argumentativos, estamos completamente autorizados a assumir que a matéria *existe* apenas como atração e repulsão — que atração e repulsão *são* matéria, não se podendo conceber nenhum caso no qual não seja possível empregar o termo "matéria" e os termos "atração" e "repulsão", tomados juntos, como expressões equivalentes em lógica, e portanto conversíveis .

Afirmei, agora mesmo, que o que descrevi como a tendência dos átomos dispersos de retornar à unidade original seria compreendida como o princípio da lei newtoniana da gravidade. E, de fato, não haverá muitas dificuldades nesse entendimento se olharmos para a gravidade de Newton como, de maneira geral, uma força impelindo a matéria a buscar a matéria; quero dizer, quando não prestamos atenção ao conhecido *modus operandi* da força newtoniana. A coincidência geral nos satisfaz. Mas, ao observarmos mais de perto, vemos, nos detalhes, muitas coisas que aparentam ser *in*coincidentes, e muitas sobre as quais nenhuma coincidência, pelo menos, seja estabelecida. Por exemplo: quando pensamos em certas perspectivas da gravidade de Newton, ela *de modo algum* parece ser uma tendência à *unicidade*, mas sim uma tendência de todos os corpos em todas as direções — uma frase que aparentemente exprime uma tendência à dispersão. Aqui, então, há uma *in*coincidência. De novo: quando refletimos sobre a *lei* matemática que rege a tendência newtoniana, vemos claramente que nenhuma coincidência foi compensada, em relação ao *modus operandi*, pelo menos, entre a gravitação conforme sabemos existir e aquela tendência aparentemente simples e direta que eu assumi.

Na verdade, cheguei a um ponto no qual será aconselhável reforçar minha posição por meio da inversão dos meus processos. Até aqui, prosseguimos *a priori* de uma consideração abstrata de *simplicidade* como aquela qualidade que mais provavelmente caracterizou a ação de Deus. Vamos agora verificar se os fatos estabelecidos da gravidade newtoniana não nos fornecem, *a posteriori*, algumas conclusões legítimas.

O que declara a lei newtoniana? Que todos os corpos se atraem com forças proporcionais às suas quantidades de matéria, e inversamente proporcionais aos quadrados de suas distâncias. Propositadamente apresentei aqui, de início, a versão ordinária da lei; e confesso que nela, como na maioria das outras versões ordinárias de grandes verdades, encontramos quase nada de um caráter sugestivo. Vamos adotar um vocabulário mais filosófico: *cada átomo, de cada corpo, atrai cada outro átomo, tanto de seu próprio corpo quanto de outros corpos, com uma força que varia inversamente com os quadrados das distâncias entre o átomo que atrai e o que é atraído.* Aqui, de fato uma inundação de sugestões invade a mente.

Mas vamos ver distintamente o que Newton *provou* — de acordo com as definições irracionais de *prova* grosseiramente prescritas pelas escolas metafísicas. Ele foi forçado a se contentar com demonstrar o quão completamente os movimentos de um universo imaginário, composto de átomos que atraem e são atraídos de acordo com a lei que pronunciou, coincidem com aqueles movimentos do universo que de fato existe, conforme se revela à nossa observação. Esta foi a porção de sua *demonstração* — isto é, de acordo com o calão das "filosofias". Seus sucessores acrescentaram provas multiplicadas por provas — conforme um intelecto sensato as admite —, mas a *demonstração* da lei em si, insistem os metafísicos, não se fortaleceu em um milímetro sequer. A "prova *ocular, física*" de atração aqui na Terra, contudo, de acordo com a lei newtoniana, foi, ao final, em grande medida para a satisfação de alguns intelectualo ides, obtida. Essa prova surgiu colateral e incidentalmente (assim como todas as verdades importantes surgiram) com uma tentativa de verificar a densidade média da

Terra. Nos famosos experimentos de Maskelyne, Cavendish e Baily[15] com esse intuito, a atração da massa de uma montanha foi observada, sentida, medida e considerada como matematicamente consistente com a teoria imortal do astrônomo britânico.

Mas a despeito da confirmação para algo que não precisava ser confirmado, a despeito da tal corroboração da "teoria" pelas assim chamadas "provas oculares e físicas", a despeito do *caráter* dessa corroboração, as ideias que até mesmo filósofos de verdade não podem deixar de ter sobre gravidade — e, especialmente, as ideias sobre gravidade que homens ordinários obtêm e mantêm com satisfação —, são *compreendidas* como tendo derivado, na maior parte, de uma consideração do princípio conforme o encontraram criado: *meramente no planeta em que estão.*

Ora, para onde aponta uma consideração tão parcial? A que tipo de erro ela dá origem? Na Terra, nós *vemos* e *sentimos* apenas que a gravidade impele todos os corpos na direção de seu centro. Nenhum homem nas esferas comuns da vida poderia ser *levado* a ver ou sentir outra coisa, poderia ser levado a perceber que qualquer coisa, em qualquer lugar, tem uma tendência gravitacional perpétua em qualquer *outra* direção além do centro da Terra; no entanto (com uma exceção a ser especificada mais adiante), é um fato que cada coisa terrestre (sem mencionar cada coisa celeste) tenha uma tendência não *apenas* para o centro da Terra, mas para todas as direções concebíveis.

Ora, embora não se possa dizer que o filósofo *erra junto com* o vulgar nessa questão, ele ainda assim se permite ser influenciado, sem

---

15   Nevile Maskelyn, astrônomo; Henry Cavendish, físico; Francis Baily, astrônomo. Os três eram ingleses. (N. T.)

o saber, pelo *sentimento* da ideia vulgar. "Embora não acreditemos nas fábulas pagãs", diz Bryant[16] em sua tão erudita *Mitologia*, "nós com frequência nos esquecemos disso e fazemos inferências a partir delas como se fossem realidades existentes." Quero afirmar que a mera *percepção sensível* da gravidade, conforme a vivenciamos na Terra, engana a humanidade com a *concentração* ou a *especialidade* a seu respeito — ela foi continuamente enviesando, na direção dessa ilusão, até mesmo os mais poderosos intelectos; perpetuamente os levando, ainda que de maneira imperceptível, para longe das verdadeiras características do princípio; e assim evitando, até o presente momento, que eles sequer vislumbrem aquela verdade vital que reside na direção diametralmente oposta — atrás das características *essenciais* do princípio; aquelas *não* relacionadas à concentração ou à especialidade, mas à *universalidade* e à *dispersão*. Essa "verdade vital" é a *unidade* como a *fonte* dos fenômenos.

Permita-me agora repetir a definição de gravidade: *cada átomo, de cada corpo, atrai cada outro átomo, tanto de seu próprio corpo quanto de outros corpos*, com uma força que varia inversamente com os quadrados das distâncias entre o átomo que atrai e o que é atraído.

Aqui peço ao leitor que faça uma pausa comigo, por um momento, para contemplar a milagrosa, a inefável, a completamente inimaginável complexidade de relações envolvidas no fato de que *cada átomo atrai todo outro átomo*; envolvidas meramente no fato da atração, sem referência à lei ou ao modo pelo qual a atração se manifesta; envolvidas *meramente* no fato de que cada átomo atrai todo outro átomo *de algum modo*, em uma imensidão de átomos tão

---

16   Jacob Bryant, filólogo britânico. (N. T.)

numerosos que aqueles que compõem uma bala de canhão excedem, provavelmente, no mero ponto de vista do número, todas as estrelas que constituem o universo.

Caso tivéssemos descoberto, simplesmente, que cada átomo tende a algum ponto preferido — a algum átomo particularmente atrativo —, ainda assim teríamos topado com uma revelação a qual, em si mesma, seria suficiente para abismar a mente. Mas o que é que realmente somos instados a compreender? Que cada átomo atrai, ou simpatiza com os mais delicados movimentos de todo outro átomo, com cada um e com todos ao mesmo tempo, e para sempre, e de acordo com uma determinada lei cuja complexidade, mesmo se considerada por si só, está totalmente fora do alcance da imaginação do homem. Se me proponho a verificar a influência de um cisco em um raio de sol sobre seu cisco vizinho, não consigo cumprir meu intento sem antes contar e pesar todos os átomos do universo, definindo as posições exatas de todos em um momento particular. Se me aventuro a deslocar, nem que seja pela b ilionésima parte de uma polegada, o microscópico grão de poeira que agora está na ponta do meu dedo, qual é a característica desse ato a que me atrevi? Realizei um ato que sacode a Lua em seu trajeto, que leva o Sol a não mais ser o Sol, e que altera para sempre o destino das incontáveis miríades de estrelas que rodopiam e cintilam ante a majestosa presença de seu Criador.

Essas ideias — *tais* concepções, pensamentos impensáveis, devaneios da alma em vez de conclusões ou mesmo considerações do intelecto —, ideias, repito, como essas; é somente a partir delas que podemos empreender proveitosamente qualquer esforço de alcançar o grande princípio, a *atração*.

Mas agora, *com* tais ideias, com uma tal *visão* da maravilhosa complexidade da atração acomodada na mente, qualquer pessoa de pensamentos sensatos a respeito desses temas poderá se dedicar à tarefa de imaginar um *princípio* para os fenômenos observados; uma condição a partir da qual eles brotaram.

Será que não é evidente que uma irmandade entre os átomos aponte a um parentesco comum? Será que uma afinidade tão onipresente, tão inerradicável e tão completamente irrestrita não sugere uma paternidade comum como sendo sua fonte? Será que uma extremidade não impulsiona a razão para outra? Será que a infinitude da divisão não se refere à absoluta individualidade? Será que a totalidade do complexo não indica a perfeição da simplicidade? *Não* se trata de os átomos, como os vemos, serem divididos ou complexos em suas relações, mas de serem inconcebivelmente divididos e indescritivelmente complexos. É a extremidade das condições às quais me refiro agora, em vez de às próprias condições. Em uma palavra, não seria porque os átomos estiveram, em algum período remoto, até *mais do que unidos* — não seria porque originalmente, e portanto normalmente, eles foram *um* —, que agora, em todas as circunstâncias, em todos os pontos, em todas as direções, por todos os modos de aproximação, em todas as relações e por meio de todas as condições, eles lutam para *voltar* a essa absoluta, essa irrelativa, essa incondicional *unidade*?

Neste ponto, alguém pode indagar: " Posto que os átomos lutam para voltar à *unidade*, por que não interpretamos e definimos a atração como 'uma mera tendência geral ao centro'? Acima de tudo, será que *seus* átomos — os átomos que você descreve como tendo sido irradiados de um centro — não prosseguem de imediato, retilineamente, de volta ao ponto central de sua origem?"

Respondo eu que eles *prosseguem*, como será mostrado de maneira clara; mas que a causa de eles procederem assim é bastante independente do centro *como tal*. Todos eles tendem retilineamente para o centro por causa da esfericidade com a qual foram irradiados no espaço. Cada átomo, formando a parte única de um globo de átomos no geral uniforme, encontra mais átomos na direção do centro, é claro, do que em qualquer outra, e nessa direção, portanto, é impelido; mas *não* é assim impelido porque o centro é *o ponto de sua origem*. Não é em qualquer *ponto* que os átomos se aliam. Não é em qualquer *localidade*, seja concreta ou abstrata, na qual suponho que se enlacem. *Localidade* alguma foi concebida como sua origem. Sua origem reside no princípio da *unidade*. *Este* é seu pai perdido. *Isto* eles buscam sempre — imediatamente, em todas as direções, onde quer que seja encontrada, mesmo que parcialmente, assim apaziguando, em alguma medida, a tendência intransponível, enquanto seguem caminho rumo à absoluta realização no final. Decorre de tudo isso que qualquer princípio que for adequado para explicar a *lei*, ou o *modus operandi*, da força atrativa em geral, vai explicar esta lei em particular; isto é, qualquer princípio que demonstre por que os átomos deveriam tender ao seu *centro geral de irradiação* com forças inversamente proporcionais aos quadrados das distâncias será admitido como satisfatoriamente elucidador, ao mesmo tempo, da tendência, de acordo com a mesma lei, desses átomos na direção uns dos outros; *pois* a tendência para o centro *é* meramente a tendência de cada um para o outro, e não qualquer tendência para o centro como tal. Dessa forma se verificará, também, que o estabelecimento de minhas proposições não envolveria nenhuma *necessidade* de modificação dos termos da noção newtoniana de gravidade, a qual declara que cada átomo atrai cada outro e assim por diante, e apenas declara isto; porém (sempre supondo que minha proposição seja, ao final, aceita), parece evidente que algum erro possa ocasionalmente ser evitado, nos futuros processos da ciência, caso adotemos uma fraseologia mais ampla. Por exemplo: "cada átomo tende a cada outro átomo etc., com uma força etc., *tendo como resultado geral todos tenderem, com força similar, para um centro geral*".

Assim sendo, a inversão de nossos processos nos trouxe a um resultado idêntico; porém, enquanto em um processo a *intuição* foi o ponto de partida, no outro foi a chegada. Ao começar a primeira jornada, eu poderia apenas afirmar que, com uma intuição irresistível, eu *sentia* que a simplicidade teria sido a essência do ato original de Deus. Ao concluir a segunda, posso apenas declarar que, com uma intuição irresistível, percebo que a unidade tenha sido a origem dos fenômenos observados da gravidade newtoniana. Assim, de acordo com pensadores, não *provo* nada. Que seja: não pretendo nada além de sugerir — e de *convencer* por meio da sugestão. Estou orgulhosamente ciente de que muitos dos intelectos humanos mais profundos e meticulosamente distintos não podem *evitar* ficar abundantemente satisfeitos com minhas... sugestões. Para esses intelectos, como para o meu próprio, não existe demonstração matemática que *pudesse* oferecer a menor *prova verdadeira* adicional à grande *verdade* que apresentei; *a verdade da unidade original como a fonte, o princípio dos fenômenos universais*. De minha parte, não estou tão certo de que falo e vejo — não estou tão certo de que meu coração bate e minha alma vive, ou de que o sol nasça amanhã, uma probabilidade ainda pertencente ao futuro. Não pretendo ter um milésimo da certeza que tenho de que o *fato* irremediavelmente passado de que todas as coisas e todos os pensamentos das coisas, com toda a sua inefável multiplicidade de relações, vieram à existência de uma única vez a partir da *unidade* primordial e não relativa.

Referindo-se à gravidade newtoniana, o dr. Nichol,[17] o eloquente autor de *A arquitetura dos céus*, diz: "Na verdade, não temos motivo algum para supor que essa grande lei, conforme agora foi estabelecida, seja a mais definitiva ou a mais simples, e que portanto seja a forma de um ordenamento universal e compreendida por todos. O modo no qual sua intensidade diminui com o elemento da distância não tem o aspecto de um *princípio* derradeiro, o qual sempre assume a simplicidade e a autoevidência daqueles axiomas que constituem a base da geometria".

Ora, é bem verdade que "princípios derradeiros", no entendimento geral das palavras, sempre assumem a simplicidade de axiomas geométricos (quanto à "autoevidência", não existe tal coisa); mas esses princípios claramente *não são* "derradeiros". Em outras palavras, o que temos o hábito de chamar de princípios não são princípios, propriamente ditos, uma vez que não pode haver senão *um* princípio, a vontade de Deus. Não temos direito de assumir, então, a partir do que observamos em regras que escolhemos tolamente chamar de "princípios", o que quer que seja em relação às características de um princípio absoluto. Os "princípios derradeiros" de que o dr. Nichol fala

---

17 John Pringle Nichol, educador, economista e astrônomo escocês. (N. T.)

como tendo simplicidade geométrica podem e devem ter esse aspecto geométrico, pois são parte e parcela de um vasto sistema geométrico, e portanto um sistema de simplicidade em si mesmo — no qual, não obstante, o *verdadeiro* princípio derradeiro é, *como sabemos*, a consumação da complexidade —, quer dizer, do ininteligível; pois não é essa a capacidade espiritual de Deus?

Citei a observação do dr. Nichol, contudo, não tanto para questionar sua filosofia, mas sim para chamar a atenção ao fato de que, enquanto toda a humanidade admitiu a existência de *algum* princípio por trás da lei da gravidade, nenhuma tentativa ainda foi feita no sentido de apontar qual esse princípio em particular *é* — se exceturamos, talvez, esforços ocasionais e extraordinários de referir esse princípio ao magnetismo, ao mesmerismo, ao swedenborgianismo ou ao transcendentalismo, ou a algum *ismo* igualmente aprazível da mesma espécie, e invariavelmente apadrinhado pela mesma espécie de pessoas. A grandiosa mente de Newton, enquanto corajosamente agarrava a lei em si, encolheu-se diante do princípio da lei. A sagacidade de Laplace, ao menos mais fluente e compreensiva, se não mais paciente e profunda, não teve a coragem de atacá-lo. Mas a hesitação da parte desses dois astrônomos não é, talvez, tão difícil de compreender. Eles, assim como toda a primeira classe dos matemáticos, eram *apenas* matemáticos. Seus intelectos, pelo menos, tinham um tom matemático-físico firmemente estabelecido. O que não estava evidente nos domínios da física ou da matemática parecia, a eles, ou não existir ou sombra. Não obstante, podemos bem imaginar que Leibniz,[18] uma notável exceção à regra nesses quesitos, e cujo temperamento mental

---

18 Gottfried Leibniz, polímata e filósofo alemão. (N. T.)

era de uma singular mistura da matemática com o físico-metafísico, de imediato não investigou e estabeleceu o ponto em questão. Tanto Newton quanto Laplace, procurando mas não descobrindo nenhum princípio *físico*, teriam se mantido alegremente na conclusão de que não há absolutamente nenhum. Mas é quase impossível imaginar que Leibniz, após esgotar buscas nos domínios físicos, não tenha avançado de imediato, corajosa e esperançosamente, em meio a seus antigos e conhecidos refúgios do reino da metafísica. Aqui, de fato, está claro que ele *deve* ter se aventurado em busca do tesouro. Que ele não o tenha encontrado afinal se deve, talvez, ao fato de que sua fada condutora, a imaginação, não estivesse suficientemente bem desenvolvida, ou bem instruída, para levá-lo até lá.

Observei ainda há pouco que, na verdade, houve tentativas vagas de se atribuir a gravidade a alguns *ismos* um tanto incertos. Contudo, embora essas tentativas sejam consideradas ousadas — e é justo que o sejam —, elas não foram além do aspecto geral, o mero aspecto geral, da lei newtoniana. Seu *modus operandi*, conforme o que sei, jamais foi abordado à maneira de um esforço para explicá-lo. Assim sendo, é com um medo nada injustificado de ser tomado por um louco já de início, e antes de eu poder apresentar minhas proposições adequadamente aos olhos dos únicos capazes de decidir a respeito delas, que aqui declaro que o *modus operandi* da lei da gravidade é algo excessivamente simples e perfeitamente explicável. Quero dizer, quando realizamos nosso avanço rumo à lei em gradações precisas e na verdadeira direção; quando a contemplamos a partir do ponto de vista apropriado.

Quer alcancemos a ideia de *unidade* absoluta como a origem de todas as coisas a partir da consideração de simplicidade como a mais provável característica da ação original de Deus; quer cheguemos a ela a partir da investigação da universalidade da relação nos fenômenos gravitacionais; ou quer a atinjamos como o resultado de uma corroboração mútua proporcionada pelos dois processos, ainda assim a ideia em si, se de algum modo for cultivada, será cultivada em conexão inseparável com outra ideia: aquela da condição do universo de estrelas como *agora* o contemplamos. Isto é, uma condição de imensurável *dispersão* pelo espaço. Agora, a conexão entre essas duas ideias, unidade e dispersão, não pode ser estabelecida a não ser pelo cultivo de uma terceira ideia, de *irradiação*. Considerando-se a unidade absoluta como um centro, então o universo de estrelas existente é o resultado da *irradiação* desse centro.

Ora, as leis da irradiação são *conhecidas*. São parte e fração da *esfera*. Pertencem à classe de *propriedades geométricas indiscutíveis*. Dizemos que "são verdadeiras, são evidentes". Perguntar *por que* elas são verdadeiras seria perguntar por que são verdadeiros os axiomas sobre os quais a demonstração das leis se baseia. *Nada* é demonstrável, estritamente falando; mas, *se* algo *for*, então as propriedades — as leis em questão — estão demonstradas.

Porém essas leis: o que declaram? Irradiação: como, por quais passos ela procede para fora a partir de um centro?

A partir de um centro *luminoso*, a luz emana por meio de irradiação; e as quantidades de luz recebidas por qualquer plano, que se supõe mudar de posição de modo a estar mais próximo ou mais distante do centro, vão diminuir na mesma proporção em que aumentam os quadrados das distâncias entre o plano e o corpo luminoso; e vão aumentar na mesma proporção que esses quadrados diminuem.

A expressão da lei pode ser generalizada da seguinte maneira: o número de partículas luminosas (ou, se preferirmos outra frase, o número de impressões luminosas) recebidas pelo plano móvel será *inversamente* proporcional aos quadrados das distâncias do plano. Generalizando uma vez mais, poderíamos argumentar que a dispersão — o espalhamento; a irradiação, em suma — é *diretamente* proporcional aos quadrados das distâncias.

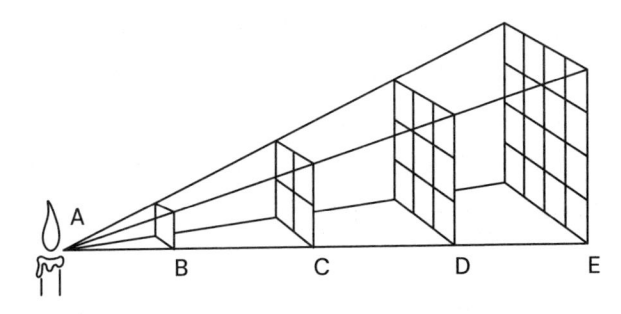

Por exemplo: na distância B desde o centro luminoso A, um certo número de partículas estão tão dispersas que ocupam a superfície B. Então, no dobro da distância — isto é, em C —, elas estarão tão mais dispersas que ocuparão quatro dessas superfícies; na distância triplicada, ou em D, estarão separadas de tal maneira que ocuparão nove dessas superfícies, enquanto que, na distância quadruplicada, ou em E, vão se tornar tão dispersas que se espalharão por dezesseis superfícies — e assim segue infinitamente.

Quando dizemos, geralmente, que a irradiação procede em proporção direta com os quadrados das distâncias, usamos o termo "irradiação" para exprimir *o grau de dispersão* conforme procedemos para fora a partir do centro. Invertendo a ideia e empregando a palavra "concentralização" para exprimir *o grau de recomposição* conforme voltamos para o centro a partir de uma posição exterior, podemos dizer que a concentralização procede *inversamente* aos quadrados das distâncias. Em outras palavras, chegamos à conclusão de que, na hipótese de que a matéria fosse originalmente irradiada de um centro e agora está voltando a ele, a concentralização, no retorno, procede *exatamente conforme sabemos que a força da gravitação procede.*

Ora, aqui, se nos fosse permitido assumir que a concentralização representa exatamente a *força da tendência na direção do centro*, que uma é exatamente proporcional à outra, e que as duas procedem juntas, teríamos demonstrado tudo que é necessário. A única dificuldade existente, então, é estabelecer uma proporção direta entre a "concentralização" e a *força* da concentralização; e isso será feito, é claro, se estabelecermos tal proporção entre a "irradiação" e a *força* da irradiação.

Uma inspeção bastante ligeira dos céus nos garante que as estrelas têm uma certa uniformidade geral, um equilíbrio ou uma equidistância, de distribuição através daquela região do espaço na qual se situam coletivamente e de maneira rudemente globular. Essa espécie de equilíbrio bastante geral, em vez de absoluta, está em total consonância com minha dedução da inequidistância, dentro de certos limites, entre os átomos originalmente difundidos, como corolário do projeto evidente da complexidade infinita da relação a partir da não relação. Será lembrado que iniciei com a ideia de uma distribuição geralmente uniforme, mas particularmente *não* uniforme, dos átomos; uma ideia confirmada, repito, por uma inspeção das estrelas conforme elas hoje existem.

Porém, mesmo no equilíbrio de distribuição meramente geral, com relação aos átomos, surge uma dificuldade a qual, sem dúvida, já se manifestou àqueles entre meus leitores que têm em mente que suponho ser esse equilíbrio de distribuição obtido por meio da *irradiação a partir de um centro*. O primeiríssimo vislumbre desta ideia, a da irradiação, nos força a cultivar uma ideia até então unida a ela, e aparentemente inseparável; aquela da aglomeração em torno de um centro, com dispersão conforme recuamos dele — a ideia, em uma palavra, do *desequilíbrio* da distribuição em se tratando da matéria irradiada.

Ora, observei em outro lugar[19] que é justamente por meio de tais dificuldades como esta agora em questão, de tais rudezas, tais peculiaridades, tais protuberâncias acima do plano do ordinário, que a razão pressente seu caminho, se é que o faz, em sua busca pela verdade. Pela dificuldade — a "peculiaridade" — agora apresentada, salto de uma vez *ao segredo*, um segredo o qual eu jamais poderia ter alcançado *senão* pela peculiaridade e pelas inferências que, *em seu mero caráter de peculiaridade*, ela me proporciona.

O processo de pensamento, neste ponto, pode ser grosseiramente esboçado da seguinte forma: digo a mim mesmo, "unidade, como expliquei, é uma verdade: eu a sinto. Dispersão é uma verdade: eu a vejo. Irradiação, único modo por meio do qual essas duas verdades se reconciliam, é uma verdade consequente: eu a percebo. *Equilíbrio* de dispersão, primeiramente deduzido *a priori* e então corroborado pela inspeção dos fenômenos, também é uma verdade: eu o admito plenamente. Até aqui, tudo ao meu redor está claro. Não há nuvens atrás

---

19   "Os crimes da rua Morgue" (Nota do manuscrito de Poe.)

das quais *o* segredo, o grande segredo do *modus operandi* gravitacional, possa estar escondido; mas esse segredo reside *nos arredores*, com toda a certeza; e *caso* houvesse sequer uma nuvem à vista, eu seria levado a suspeitar dela". E agora, justamente quando afirmo isso, de fato uma nuvem aparece. Essa nuvem é a aparente impossibilidade de reconciliar minha verdade da *irradiação* com a minha verdade do *equilíbrio da dispersão*. Afirmo agora: "Por trás dessa *aparente* impossibilidade deve- se encontrar o que busco". Não digo "*real* impossibilidade", pois uma fé invencível nas minhas verdades me assegura de que é apenas uma dificuldade, afinal; mas prossigo ao dizer, com inabalável confiança, que, *quando* essa *dificuldade* for solucionada, haveremos de encontrar, *envolta no processo da solução*, a chave para o segredo por nós procurado. Além disso, *sinto* que haveremos de descobrir *apenas uma* solução possível para a dificuldade; isto pela razão de que, caso houvesse duas, uma seria supérflua, infrutífera, vazia; não conteria chave alguma, pois não pode haver uma chave duplicada para qualquer segredo da natureza.

E agora, vejamos: nossas noções ordinárias de irradiação — na verdade, *todas* as nossas noções distintas a esse respeito — são extraídas meramente dos processos conforme verificamos serem exemplificados na *luz*. Aqui há um jorro *contínuo* de *correntes de raios*, e *com uma força que não temos, pelo menos, direito algum de supor variável*. Ora, em qualquer irradiação *como esta* — contínua e invariável na força —, as regiões mais próximas ao centro devem *inevitavelmente* estar mais populadas com a matéria irradiada do que as regiões mais remotas. Mas não pressupus *nenhuma* irradiação como *essa*. Não pressupus nenhuma irradiação *contínua*;

e pelo simples motivo de que tal pressuposto haveria de ter envolvido, em primeiro lugar, a necessidade de cultivar uma concepção que, como já demonstrei, nenhuma pessoa *pode* cultivar, e a qual é refutada (conforme explicarei mais plenamente adiante) por qualquer observação do firmamento — a concepção da absoluta infinidade do universo de estrelas —, e haveria de ter envolvido, em segundo lugar, a impossibilidade de considerar uma reação — isto é, a gravitação — como existente agora, pois, enquanto um ato é contínuo, nenhuma reação, é claro, pode ocorrer. Minha suposição, então, ou melhor, minha inevitável dedução a partir de premissas justas, foi a de uma irradiação *determinada*; uma irradiação finalmente *des*continuada.

Permita-me agora descrever a única forma possível na qual é concebível que a matéria tenha se dispersado através do espaço de modo a preencher ao mesmo tempo as condições de irradiação e da distribuição geralmente equilibrada.

Para uma ilustração mais conveniente, vamos imaginar, de início, uma esfera oca de vidro, ou de qualquer outro material, ocupando o espaço através do qual a matéria universal deve então ser igualmente dispersa, por meio da irradiação, a partir da partícula absoluta, não relativa e incondicional posicionada no centro da esfera.

Ora, um certo emprego do poder difusor (presumidamente a vontade divina) — em outras palavras, de uma certa *força* — cuja medida é a quantidade de matéria, isto é, o número de átomos, emitida; tal emprego de poder emite, por irradiação, este determinado número de átomos, forçando-os em todas as direções para o exterior a partir do centro, com a proximidade uns dos outros diminuindo conforme prosseguem, até que, afinal, estão distribuídos, vagamente, pela superfície interior da esfera.

Quando esses átomos tiverem atingido essa posição, ou enquanto estiverem a caminho de alcançá-la, um segundo e menor emprego da mesma força, ou uma segunda e menor força do mesmo caráter, emite, da mesma maneira — isto é, pela irradiação, como antes —, um segundo estrato de átomos que procedem a se depositar sobre o primeiro; o número de átomos, neste caso como no anterior, é, evidentemente, a medida da força que os emitiu. Em outras palavras, a força é exatamente adaptada ao propósito que efetua — a força e o número de átomos externados pela força são *diretamente proporcionais*.

Quando esse segundo estrato tiver alcançado sua posição final — ou enquanto estiver se aproximando dela —, um terceiro e ainda menor emprego da força, ou uma terceira força menor de caráter similar, sendo o número de átomos emitidos em *todos* os casos a medida da força, procede a depositar um terceiro estrato sobre o segundo; e assim por diante, até que esses estratos concêntricos, aumentando gradualmente cada vez menos, eventualmente baixem até o ponto central; e a matéria dispersa, ao mesmo tempo em que a força difusiva, se esgota.

Agora nós temos a esfera preenchida, por meio da irradiação, com átomos igualmente dispersos. As duas condições necessárias — irradiação e dispersão equilibrada — foram obtidas; e por meio do *único* processo com o qual é concebível a possibilidade de sua obtenção simultânea. Por ess a razão, espero com confiança encontrar, espreitando na presente condição dos átomos conforme distribuídos ao longo da esfera, o segredo que busco — o deveras importante princípio do *modus operandi* da lei newtoniana. Examinemos, pois, a atual condição dos átomos.

Eles estão em uma série de estratos concêntricos. Estão igualmente dispersos pela esfera. Foram irradiados até essas regiões.

Estando os átomos *igualmente* distribuídos, quanto maior a extensão superficial de qualquer um desses estratos concêntricos, ou esferas, mais átomos vão se estender sobre ela. Em outras palavras, o número de átomos espalhados pela superfície de qualquer uma das esferas concêntricas é diretamente proporcional à extensão dessa superfície.

Porém, em qualquer sequência de esferas de esferas concêntricas, as superfícies são diretamente proporcionais aos quadrados das distâncias do centro.[20]

Assim sendo, o número de átomos em qualquer estrato é diretamente proporcional ao quadrado da distância daquele estrato a partir do centro.

Mas o número de átomos em qualquer estrato é a medida da força a qual emitiu aquele estrato — ou seja, é *diretamente proporcional* à força.

Portanto a força a irradiar qualquer estrato é diretamente proporcional ao quadrado da distância daquele estrato a partir do centro; ou, de modo geral, *a força da irradiação foi diretamente proporcional aos quadrados das distâncias*.

Ora, a reação, até onde sabemos algo a esse respeito, é a ação inversa. Sendo o princípio *geral* da gravidade, em primeiro lugar, compreendido como a reação de um ato — como a expressão de uma

---

20   Resumidamente, as superfícies das esferas são como os quadrados de seus raios. (N. A.)

vontade da parte da matéria, enquanto ela existe em um estado de difusão, para retornar à unidade de onde foi difundida; e, em segundo lugar, a mente sendo convocada a determinar o *caráter* dessa vontade — a forma pela qual ela naturalmente se manifestaria; em outras palavras, sendo convocada para conceber uma provável lei, ou *modus operandi*, para o retorno; não poderíamos evitar chegar à conclusão de que essa lei de retorno seria exatamente a inversão da lei da partida. De que esse seria o caso, qualquer pessoa, pelo menos, poderia perfeitamente estar segura, até o momento em que alguém sugerisse algo como uma razão plausível para que esse *não fosse* o caso — até o momento em que fosse imaginada uma lei do retorno que o intelecto considerasse preferível.

Pode-se supor então que a matéria, irradiada pelo espaço com uma força variando conforme os quadrados das distâncias, *a priori*, retorne na direção do centro de irradiação com uma força variando *inversamente* aos quadrados das distâncias. E já demonstrei que qualquer princípio que explique o motivo de os átomos tenderem, de acordo com qualquer lei, ao centro geral, deve ser admitido como uma explicação satisfatória, ao mesmo tempo, do motivo pelo qual, de acordo com a mesma lei, eles devem se projetar uns na direção dos outros. Pois, na verdade, a tendência para o centro geral não é a um centro enquanto tal, mas é por ele ser um ponto em direção ao qual cada átomo tende mais diretamente ao seu centro real e essencial, a *unidade* — a união absoluta e derradeira de tudo.

A consideração aqui envolvida não apresenta, à minha própria mente, embaraço algum. Mas esse fato não me cega para a possibilidade de ser obscuro àqueles que podem estar menos habituados a lidar com abstrações. E, em suma , pode ser oportuno olhar para o assunto a partir de um ou outro ponto de vista.

A partícula absoluta e não relativa primariamente criada pela vontade de Deus devia estar em uma condição de *normalidade* positiva, ou de legitimidade, pois a ilicitude implica *relação*. Certo é positivo; errado é negativo — é a mera negação do certo, como o frio é a negação do calor, e a escuridão, da luz. Para que algo possa estar errado, é necess ário que haja alguma outra coisa em relação à qual esse algo *está* errado — alguma condição a qual ele falha a satisfazer, alguma lei a qual viola, algum ser a quem ofende. Caso não exista um tal ser, lei ou condição em respeito ao qual a coisa está errada — e, mais especialmente, se nenhum ser, lei ou condição sequer existe —, então a coisa *não pode* estar errada, e consequentemente deve estar *certa*. Qualquer desvio da normalidade envolve uma tendência de retorno a ela. Uma diferença do normal — do certo, do justo — pode ser compreendida como efetiva apenas pela superação de uma dificuldade. E, se a força que supera a dificuldade não continuar infinitamente, à inerradicável tendência de retorno será, por fim, permitido agir para sua própria satisfação. Diante da retirada da força, a tendência age. Este é o princípio da reação como inevitável consequência da ação finita. Empregando um vocabulário cuja aparente afetação será perdoada por sua expressividade, podemos dizer que a reação é o retorno da condição de *como é e não deve ser* à condição *como era, originalmente, e portanto como deve ser*. E me permita acrescentar aqui que a *absoluta* força da reação sem dúvida seria sempre encontrada em proporção direta com a realidade, a verdade, o absoluto da *originalidade* — se fosse sequer possível medir esta última. E, consequentemente, a maior de todas as reações imagináveis deve ser aquela produzida pela tendência que ora discutimos — a tendência de retorno à *origem absoluta*, à primitividade *suprema*. A gravidade, então, *deve ser a mais poderosa das forças* — uma ideia alcançada *a priori* e abundantemente confirmada por indução. Qual uso faço dessa ideia será visto a seguir.

Tendo os átomos se dispersado de sua cond ição normal de unidade, agora eles buscam... o quê? Nenhum *ponto* particular, decerto, pois está claro que, se na difusão todo o universo de matéria foi projetado, coletivamente, a uma distância a partir do ponto de irradiação, a tendência atômica ao centro geral da esfera não teria sido perturbada em nada; os átomos não teriam procurado o ponto *no espaço absoluto* a partir do qual foram originalmente impelidos. É meramente a *condição*, e não o ponto ou a localidade na qual essa condição se deu, que esses átomos buscam restabelecer. É meramente *aquela condição, a qual é a normalidade deles,* que eles desejam. "Mas eles buscam um centro", será dito, "e um centro é um ponto." Fato; mas buscam esse ponto não por sua característica de ponto (pois, caso toda a esfera fosse movida de sua posição, eles buscariam, da mesma forma, o centro; e o centro *então* estaria em um *novo* ponto), mas porque ocorre que, devido à forma na qual eles existem coletivamente (a da esfera), apenas *através* do ponto em questão, o centro da esfera, eles podem atingir seu verdadeiro objetivo, a unidade. Na direção do centro, cada átomo percebe mais átomos do que em qualquer outra direção. Cada átomo é impelido na direção do centro porque, ao longo da linha reta ligando-o ao centro e passando para a circunferência além, há um número de átomos maior do que ao longo de qualquer outra linha reta; um número maior de objetos que o buscam, o átomo individual; um número maior de tendências à unidade; um número maior de realizações de sua própria tendência à unidade; em uma palavra, porque na direção do centro reside a possibilidade máxima de realização, geralmente por seu próprio apetite individual. Para ser breve, a *condição*, unidade, é tudo que de fato é buscado; e se os átomos *parecem* buscar o centro da esfera, isso ocorre apenas de maneira implícita, por meio da implicação — porque acontece de tal centro implicar, incluir ou envolver o único centro essencial, a unidade. Mas, *por conta* dessa implicação ou involução, não há possibilidade de se separar, na prática, a tendência à unidade na forma abstrata da tendência ao centro concreto. Assim, a tendência dos átomos rumo ao centro geral *é*, para todos os intentos práticos e todos os propósitos lógicos, a tendência de cada um para cada outro; e a tendência de cada um para cada outro *é* a tendência para o centro; e uma tendência pode ser assumida *como* a outra; qualquer coisa aplicada a uma deve ser inteiramente aplicada à outra; e, em conclusão, qualquer princípio que explique satisfatoriamente uma delas não pode ser questionado como explicação da outra.

Procurando cuidadosamente à minha volta pela objeção racional ao que propus, não sou capaz de enxergar *nada*. Mas, daquele tipo de objeção comumente levantada por questionadores em prol do questionamento, eu muito prontamente concebo *três*, e procedo a apresentá-las em ordem.

Pode-se dizer, de início: "A prova de que a força da irradiação (no caso descrito) é diretamente proporcional aos quadrados das distâncias depende de um pressuposto injustificado: aquele de que o número de átomos em cada estrato seja a medida da força com a qual foram emitidos".

Respondo que não só estou seguro de tal pressuposto, como também devo me encontrar plenamente *in*seguro a respeito de qualquer outro. O que pressuponho é, simplesmente, que um efeito seja a medida de sua causa — que cada emprego da vontade divina será proporcional àquele exigido pelo empenho; que os meios da onipotência, ou da onisciência, serão exatamente adaptados a seus propósitos. Nem uma deficiência nem um excesso de causa podem vir a gerar qualquer efeito. Se a força que irradiou qualquer estrato à sua posição fosse maior ou menor do que o exigido pelo propósito — isto é, não *diretamente proporcional* ao propósito —, então aquele estrato não poderia ter sido irradiado até aquela posição. Se a força que — tendo em vista o equilíbrio geral de distribuição — emitiu o número apropriado de átomos para cada estrato não fosse *diretamente proporcional* a esse número, então tal número *não teria sido* aquele exigido para a distribuição equalitária.

A segunda objeção suposta é, de certo modo, mais elegível para receber uma resposta.

É um princípio aceito em dinâmica que todo corpo, ao receber um impulso ou um deslocamento para se mover, vai se mover em linha reta na direção transmitida pela força impulsora até ser desviado ou interrompido por uma outra força. Pode-se perguntar, então, como é possível compreender que o movimento do meu primeiro estrato de átomos, ou do estrato de átomos externo, seja interrompido na circunferência da esfera de vidro imaginária se nenhuma força secundária que vá além de um caráter imaginário parece justificar a interrupção?

Respondo que a objeção, neste caso, na verdade surge de uma "suposição injustificada" da parte de quem discorda: o pressuposto de um princípio, em dinâmica, em uma época na qual *nenhum* "princípio", a respeito de *nada*, existe. Eu uso a palavra "princípio", é evidente, de acordo com o entendimento de quem discorda do termo.

"No princípio", podemos admitir — e, de fato, podemos compreender — apenas uma *causa primeira*, o verdadeiro *princípio* absoluto, a vontade de Deus. O *ato* primeiro — aquele da irradiação a partir da unidade — há de ter ocorrido independentemente de tudo o que o mundo agora chama de "princípio". Porque tudo o que agora assim denominamos não é senão uma consequência da reação àquele ato primeiro. Digo "*primeiro*" porque é mais apropriado contemplar a criação da partícula material absoluta como uma *concepção* do que como um "ato", na concepção ordinária do termo. Assim, precisamos compreender o ato primeiro como um ato para o estabelecimento do que agora chamamos de "princípios". Mas este primeiro ato em si deve ser considerado como *vontade contínua*. O pensamento de Deus deve ser compreendido como a origem da difusão, prosseguindo com ela, regulando-a e, finalmente, retirando-se dela após sua completude. *Depois* tem início a reação, e, por meio da reação, o "princípio", conforme empregamos a palavra. Será aconselhável, contudo, limitar o emprego dessa palavra aos dois resultados *imediatos* da interrupção da vontade divina, isto é, aos dois agentes *atração* e *repulsão*. Todos os outros agentes naturais dependem, seja mais ou menos imediatamente, desses dois, e portanto seriam mais convenientemente designados como *sub*princípios.

Em terceiro lugar, pode ser questionado que, no geral, o modo peculiar de distribuição que sugeri para os átomos seja "uma hipótese e nada mais".

Ora, estou ciente de que a palavra "hipótese" é uma poderosa marreta de que imediatamente se servem, quando não a erguem, todos os pensadores bem diminutos ante a primeira aparição de qualquer proposta que no geral traga a roupagem de uma *teoria*. Mas de modo algum "hipótese" se pode brandir *aqui*, mesmo por aqueles que têm êxito em erguê-la — sejam pequenos ou grandes homens.

Sustento, em primeiro lugar, que *apenas* da forma descrita é concebível que a matéria tenha sido difundida de modo a preencher de uma vez as condições de irradiação e da distribuição no geral equilibrada. Sustento, em segundo lugar, que essas condições em si foram impostas a mim como necessidades, em um encadeamento de raciocínio *tão rigorosamente lógico quanto aquele que estabelece qualquer demonstração de Euclides*. E sustento, em terceiro lugar, que mesmo que a acusação de "hipótese" fosse totalmente fundamentada conforme está, na verdade, insustentável e indefensável, ainda assim a validade e o caráter inquestionável de meu resultado não seria, nem no menor detalhe, perturbado.

Para explicar: a gravidade newtoniana — uma lei da natureza; uma lei cuja existência não é questionada por ninguém de fora de Bedlam; uma lei cuja admissão como tal nos permite dar conta de nove entre dez fenômenos universais; uma lei a qual, apenas porque ela nos permite dar conta desses fenômenos, estamos perfeitamente dispostos a admitir como lei, sem referências a quaisquer outras considerações, e não conseguimos evitar admiti-la como tal; uma lei, ainda assim, da qual nem o princípio nem o *modus operandi* do princípio jamais foram delineados pela análise humana; uma lei, em suma, que nem em seus detalhes nem em sua generalidade foi considerada suscetível de *qualquer* explicação — é, afinal, vista como meticulosamente explicável, desde que nós apenas concedamos nossa aceitação a... o quê? A uma hipótese? Ora, *se* uma hipótese — se a menor das hipóteses —, se uma hipótese a cujo pressuposto, como no caso daquela *pura* hipótese da própria lei newtoniana, nenhuma sombra de razão possa *a priori* ser atribuída — se uma hipótese, mesmo tão absoluta como tudo isso implica, nos permitisse constatar um princípio para a lei newtoniana, nos permitisse entender como satisfeitas condições tão milagrosamente, tão inefavelmente complexas e aparentemente inconciliáveis como aquelas envolvidas nas relações as quais a gravidade nos relata, qual ser racional *poderia* expor sua estupidez ao continuar chamando de hipótese mesmo essa hipótese absoluta — a não ser, é claro, que ele persistisse em chamá-la assim com o entendimento de que o fazia apenas em nome da consistência *das palavras*?

Mas qual é o verdadeiro estado do nosso caso atual? Qual é *o fato*? Não apenas ele *não* é uma hipótese que nos é exigido *adotar*, de modo a admitir o princípio em questão como explicado, mas *é* uma conclusão lógica que nos é exigido *não* adotar se pudermos evitá-la, a qual nós somos simplesmente convidados a *negar se pudermos*; uma conclusão de lógica tão precisa, que debatê-la, ou duvidar dela, seria um esforço além de nosso poder. Uma conclusão da qual não vemos maneira de escapar, por mais que nos reviremos; um resultado que nos confronta seja no final de uma jornada *in*dutiva a partir dos fenômenos da própria lei discutida, seja no desfecho de uma trajetória *de*dutiva a partir do mais rigorosamente simples entre todos os pressupostos concebíveis: *em uma palavra, o pressuposto da simplicidade em si.*

E se aqui, a título de mera zombaria, for argumentado que, apesar de meu ponto de partida ser, conforme assevero, o pressuposto da absoluta simplicidade, ainda que a simplicidade, considerada apenas em si mesma, não seja um axioma; e que apenas deduções a partir de axiomas são indiscutíveis; é desta forma que responderei:

Toda ciência que não a lógica é a ciência de certas relações concretas. A aritmética, por exemplo, é a ciência das relações de números; a geometria, das relações de forma; a matemática, em geral, das relações de quantidade em geral, ou de qualquer coisa que possa ser aumentada ou diminuída. A lógica, contudo, é a ciência da relação na abstração — da absoluta relação, da relação considerada apenas em si mesma. Um axioma de qualquer outra ciência que não a lógica é, assim, meramente uma proposição anunciando relações concretas que parecem óbvias demais para serem questionadas — como quando dizemos, por exemplo, que o todo é maior do que sua parte. E assim, novamente, o princípio de axioma *lógico* — em outras palavras, de um axioma na abstração — é, simplesmente, a *obviedade de relação*. Ora, claro está não apenas que o que é óbvio para uma mente pode não ser óbvio para outra, mas também que o que é óbvio para uma mente em uma determinada época pode ser qualquer coisa menos óbvia para a mesma mente em outra época. Claro está, além disso, que o que hoje é óbvio até mesmo para a maioria da humanidade, ou para a maioria dos melhores intelectos da humanidade, amanhã pode, para essa maioria, ser mais ou menos óbvio, ou não ser óbvio de modo algum. Nota-se, então, que o *princípio axiomático* em si é suscetível de variação, e é claro que axiomas são suscetíveis de mudanças similares. Sendo mutáveis, as "verdades" que surgem deles necessariamente também são mutáveis; ou, em outras palavras, nunca devem ser compreendidas decisivamente como verdades, de modo algum, já que a verdade e a imutabilidade são um só.

Será agora prontamente compreendido que nenhuma ideia axiomática — nenhuma ideia fundamentada no princípio flutuante da obviedade de relação — pode configurar uma base tão segura, tão confiável para qualquer estrutura erguida pela razão como *aquela* ideia (qualquer que seja, onde quer que a encontremos, *se* for praticável encontrá-la em algum lugar) a qual é completamente não relativa — a qual não apenas não apresenta ao nosso entendimento *nenhuma obviedade* de relação, maior ou menor, a ser considerada, mas que também não sujeita o intelecto, no mínimo grau que seja, à necessidade de sequer contemplar *qualquer relação*. Se uma ideia assim não for o que nós, muito descuidadamente, chamamos "um axioma", ela será pelo menos preferível, como fundamento lógico, a qualquer axioma jamais proposto, ou à combinação de todos o axiomas imagináveis. E tal é precisamente a ideia à qual meu processo dedutivo, tão completamente corroborado pela indução, dá início. Minha *partícula absoluta* não é senão a absoluta não relação.

Para resumir o que aqui foi exposto: como ponto de partida, dei por certo, simplesmente, que o início não teve nada por trás ou antes; que foi um início de fato; que foi um início e nada diferente de um início; em uma palavra, que esse início foi *aquilo que foi*. Se isso for um "mero pressuposto", então que seja um "mero pressuposto".

Concluindo este ramo de meu tema: estou totalmente convicto ao anunciar que *a lei que temos o hábito de chamar de gravidade existe por conta de a matéria ter sido irradiada, em sua origem, atomicamente, em uma esfera limitada de espaço, a partir de uma partícula absoluta única, individual, incondicional, não relativa e absoluta, por meio do único processo que tornou possível satisfazer, ao mesmo tempo, as duas condições, irradiação e distribuição no geral equilibrada ao longo da esfera. Quero dizer, por uma força variando em proporção direta com os quadrados das distâncias entre os átomos irradiados, respectivamente, e o centro particular de irradiação.*

Já forneci minhas razões para presumir que a matéria tenha sido difundida por uma força determinada, em detrimento de uma força contínua ou infinitamente continuada. Supondo uma força contínua, não conseguiríamos, de início, compreender uma reação de qualquer tipo; e deveríamos, a seguir, acalentar a concepção impossível de uma extensão infinita de matéria. Sem nos determos na impossibilidade da concepção, a extensão infinita de matéria é uma ideia que, se já não foi decisivamente reprovada, pelo menos não é de modo algum garantida pela observação telescópica das estrelas — um ponto a ser mais amplamente explicado adiante; e esse motivo empírico para acreditarmos na finitude original da matéria é comprovado de maneira não empírica. Por exemplo: admitindo, neste momento, a possibilidade de entendermos o espaço *preenchido* com átomos irradiados — isto é, admitindo, da melhor maneira possível, em nome do debate, que a sucessão dos átomos irradiados não tivesse absolutamente *um fim* —, então está abundantemente claro que, mesmo quando a vontade de Deus tivesse se retirado, assim permitindo (abstratamente) que a tendência de retornar à unidade fosse satisfeita, essa permissão teria sido nula e inválida — praticamente sem valor e de nenhum efeito que fosse. Nenhuma reação poderia ter ocorrido; nenhum movimento na direção da unidade poderia ter sido realizado; nenhuma lei da gravidade poderia ter sido obtida.

Para explicar: assegure-se a tendência *abstrata* de um átomo qualquer a um outro qualquer como o resultado inevitável da difusão da unidade normal — ou, o que é a mesma coisa, admita-se que qualquer átomo *se proponha* a se mover em qualquer direção —, está claro que, por haver uma *infinidade* de átomos por todos os lados do átomo que se propõe a se mover, na verdade ele jamais poderá se mover no sentido de realizar sua tendência na direção determinada, por conta de uma tendência precisamente igual e contrabalanceada na direção diametralmente oposta. Em outras palavras, as tendências à unidade existentes atrás do átomo são exatamente as mesmas existentes diante dele; pois é mero absurdo afirmar que uma linha infinita é mais ou menos extensa do que outra linha infinita, ou que um número infinito é maior ou menor do que outro número infinito. Desta forma, o átomo em questão precisa permanecer estagnado para sempre. Sob as circunstâncias impossíveis que estamos tentando conceber meramente em nome do debate, não poderia ter havido nenhuma agregação de matéria — nenhuma estrela, nenhum mundo —, nada a não ser um universo perpetuamente atômico e inconsequente. Na verdade, não importa como a vejamos, toda a ideia de matéria ilimitada é não apenas indefensável, mas também impossível e absurda.

Diante do entendimento de uma *esfera* de átomos, contudo, constatamos, de imediato, uma tendência à união *que pode ser satisfeita*. O resultado geral da tendência de uns na direção de outros, sendo uma tendência de todos para o centro o processo *geral* de condensação, ou de aproximação, começa imediatamente com um movimento comum e simultâneo de retirada da vontade divina; as aproximações *individuais*, ou coalescentes — e *não de colisões* —, de átomo para átomo, estando sujeitas a uma variação quase infinita de tempo, grau e condição, por conta da multiplicidade excessiva de relação, oriunda tanto das diferenças de formas assumidas como caracterizantes dos átomos no momento de eles abandonarem a partícula absoluta, como da inequidistância subsequente e particular de um para o outro.

O que pretendo salientar para o leitor é a certeza de surgirem, imediatamente (com a retirada da força difusora, ou da vontade divina), em meio à condição dos átomos conforme descritos, em inúmeros pontos ao longo da esfera universal, incontáveis aglomerações, caracterizadas por incontáveis diferenças específicas de forma, tamanho, natureza essencial e distância umas das outras. O desenvolvimento da repulsão (eletricidade) deve ter começado, é claro, com os mais rudimentares esforços particulares rumo à unidade, e deve ter prosseguido constantemente na razão da coalescência — isto é, *na razão da condensação*, ou, mais uma vez, da heterogeneidade.

Logo, os dois princípios absolutos, *atração* e *repulsão* — o material e o espiritual —, acompanham um ao outro na mais estrita sociedade, para sempre. Logo, *o corpo e a alma andam de mãos dadas.*

Se agora, em nossa imaginação, escolhermos *qualquer uma* das aglomerações consideradas em seus estágios primários ao longo da esfera universal, e se supusermos que essa aglomeração incipiente esteja ocorrendo naquele ponto em que o centro de nosso Sol existe — ou melhor, onde ele *existiu* em sua origem, pois o Sol está sempre mudando sua posição —, haveremos de nos deparar com a mais magnífica das teorias, a qual haverá de nos conduzir por algum tempo: a cosmogonia nebular de Laplace — embora "cosmogonia" seja um termo abrangente demais para o que seu autor realmente discute, que é a constituição de nossos sistema solar em si, um dentre a miríade de sistemas similares que compõem o próprio universo — aquela esfera universal, aquele *cosmos* absoluto que a tudo abrange e que constitui o objeto de meu atual discurso.

Confinando-se a uma região *obviamente limitada* — aquela do nosso sistema solar com sua vizinhança comparativamente imediata — e *apenas* assumindo, isto é, assumindo sem qualquer base, seja dedutiva ou indutiva, *muito* do que venho me esforçando para posicionar sobre uma base mais sólida do que a suposição; assumindo, por exemplo, que a matéria esteja difusa (sem pretender dar conta da difusão) ao longo e de alguma forma além do espaço ocupado pelo nosso sistema — difusa em um estado de heterogênea nebulosidade e obedecendo àquela sempre prevalente lei da gravidade cujo princípio ele não se aventurou a supor; assumindo tudo isso (que é bem verdadeiro, embora ele não tivesse nenhum direito lógico a essa suposição), Laplace demonstrou, dinâmica e matematicamente, que os resultados necessariamente subsequentes a esse caso são aqueles, e apenas aqueles, que encontramos manifestos na condição de fato existente do próprio sistema solar.

Para explicar: vamos imaginar que *aquela* aglomeração particular da qual acabamos de falar — a aglomeração no ponto designado pelo centro do nosso Sol — procedeu de tal maneira até agora que uma vasta quantidade de matéria nebulosa assumiu aqui uma forma rudemente globular, seu centro coincidindo, é claro, com o que agora é, ou melhor, foi originalmente o centro do nosso Sol; e sua periferia se estendendo para além da órbita de Netuno, o mais remoto de nossos planetas. Em outras palavras, vamos supor o diâmetro dessa esfera rude como sendo de cerca de 9 milhões e seiscentos mil quilômetros. Por eras, essa massa de matéria foi sofrendo de condensação, até finalmente ser reduzida ao volume que imaginamos; tendo procedido, claro, de seu estado atômico e imperceptível até o que entendemos por uma nebulosidade visível, palpável ou constatável de alguma outra forma.

Ora, a condição dessa massa implica uma rotação em torno de um eixo imaginário — uma rotação a qual, começando com a incipiência absoluta da agregação, vem desde então adquirindo velocidade. Os primeiríssimos dois átomos que se encontraram, aproximando-se um do outro a partir de pontos não diametralmente opostos, formariam, ultrapassando parcialmente um ao outro, um núcleo para o movimento rotatório descrito. Como isso ganharia velocidade é imediatamente observado. Aos dois átomos se juntam outros; uma agregação se forma. A massa continua a rotacionar enquanto se condensa. Mas qualquer átomo na circunferência tem, é claro, um movimento mais rápido do que outro próximo ao centro. O átomo exterior, entretanto, com sua velocidade superior, aproxima-se do centro, trazendo consigo sua velocidade superior conforme se movimenta. Logo, cada átomo, procedendo na direção interior, e finalmente se fixando ao centro condensado, acrescenta algo à velocidade original daquele centro — isto é, aumenta o movimento rotatório da massa.

Agora vamos supor que essa massa esteja condensada de forma a ocupar *exatamente* o espaço circunscrito pela órbita de Netuno, e que a velocidade com a qual a superfície da massa se movimenta, na rotação geral, seja precisamente a velocidade com a qual Netuno agora se desloca em torno do Sol. Nesse momento, então, haveremos de entender que a força centrífuga constantemente crescente, tendo se aproveitado melhor da centrípeta não crescente, afrouxou e separou o estrato exterior e menos condensado, ou alguns dos estratos exteriores e menos condensados, no equador da esfera, onde a velocidade tangencial predominou; de maneira que esses estratos formaram em torno do corpo principal um círculo independente envolvendo as regiões equatoriais — da mesma forma que a porção exterior de uma mó de grãos, ao ser repelida pela velocidade excessiva da rotação, formaria um anel ao redor da mó, excetuando-se a solidez do material superficial. Se fosse de borracha ou qualquer material similar na consistência, exatamente os mesmos fenômenos que descrevo se revelariam.

O anel então proveniente da massa nebulosa passou a *revolver*, é claro, *como* um anel separado, com a mesma velocidade com a qual, enquanto estava na superfície da massa, ele *rotacionava*. Enquanto isso, com a condensação ainda acontecendo, o intervalo entre o anel liberado e o corpo principal continuou a aumentar, até que o primeiro foi deixado a uma vasta distância do segundo.

Agora, admitindo que o anel tenha adquirido, por algum arranjo aparentemente acidental de seus materiais heterogêneos, uma constituição quase uniforme, então esse anel, *como tal*, jamais teria deixado de se movimentar em torno do principal; porém, como poderia ter sido previsto, parece ter havido irregularidades o suficiente na disposição dos materiais para levá-los a se agruparem em torno de centro de solidez superior; e assim sendo, a forma ane lar foi destruída.[21]

Sem dúvida a faixa logo se partiu em várias porções, e uma dessas porções, predominando em termos de massa, absorveu as outras em si; o todo se estabeleceu, esfericamente, em um planeta. Que este último, *como* um planeta, tenha continuado o movimento de rotação que o caracterizava quando era um anel, está suficientemente claro; e que ele adquiriu também um movimento adicional em sua nova condição de esfera fica prontamente explicado. Sendo o anel compreendido até então como não quebrado, vemos que seu exterior se move mais rapidamente que seu interior, enquanto o todo rotaciona em torno do corpo semelhante. Quando a ruptura ocorreu, então, alguma porção em cada fragmento devia estar se movendo com velocidade maior do que as outras. O movimento superior, predominando, deve ter rodopiado cada fragmento , isto é, deve ter feito com que rotacionasse; e a direção da rotação deve, é claro, ter sido a direção da revolução de onde ele surgiu. *Todos* os fragmentos, tendo se tornado sujeitos à rotação descrita, devem, ao aglutinarem-se, tê-la transmitido ao único planeta constituído por sua aglutinação. Es se planeta foi Netuno. Conforme sua matéria continuou a se submeter à condensação, e conforme a força centrífuga gerada em sua rotação

---

21   Laplace assumiu sua nebulosidade como heterogênea apenas para que assim ele pudesse atribuir a esse fato à ruptura dos anéis; pois, caso a nebulosidade fosse homogênea, eles não teriam se quebrado. Alcanço o mesmo resultado — a heterogeneidade das massas secundárias como resultado imediato dos átomos — puramente a partir de uma consideração a priori de seu esquema geral, a relação. (N. A.)

se aproveitava, com o tempo, mais da centrípeta, como ocorreu antes no caso do orbe semelhante, um anel foi lançado também a partir da superfície equatorial desse planeta; esse anel, tendo sido não uniforme em sua constituição, partiu-se, e seus vários fragmentos, absorvidos pelo fragmento mais massivo, foram convertidos esfericamente em uma lua. Subsequentemente, a operação foi repetida, e uma segunda lua foi o resultado. Assim explicamos o planeta Netuno, com os dois satélites que o acompanham.

Ao expelir um anel do seu equador, o Sol restabeleceu aquele equilíbrio entre suas forças centrípeta e centrífuga, o qual havia sido perturbado durante o processo de condensação; mas, à medida que essa condensação seguiu se produzindo, o equilíbrio foi mais uma vez imediatamente perturbado por conta do aumento da rotação. No momento em que a massa havia se encolhido de tal forma a ocupar um espaço esférico que circunscrevia a órbita de Urano, havemos de compreender que a força centrífuga até então havia atingido uma ascendência que demandava um novo alívio: uma segunda faixa equatorial foi, em consequência, liberada, a qual, provando-se não uniforme, rompeu-se, como aconteceu antes no caso de Netuno, seus fragmentos se estabelecendo como o planeta Urano, cuja revolução ao redor do Sol indica, é claro, a velocidade rotatória da superfície equatorial do mesmo Sol no momento da separação. Urano, adotando uma rotação originada das rotações coletivas dos fragmentos que o compõem, conforme explicado anteriormente, agora libera anel após anel; cada um dos quais, vindo a se separar, estabeleceu-se como uma lua: três luas, em eras diferentes, foram formadas dessa maneira, pela ruptura e pela esfericização geral do mesmo número de anéis não uniformes distintos.

Quando o Sol encolheu até ocupar um espaço circunscrito exatamente pela órbita de Saturno, o equilíbrio, havemos de supor, entre suas forças centrípeta e centrífuga mais uma vez havia sido tão perturbado, por conta do aumento da velocidade rotatória — resultado da condensação —, que um terceiro esforço para equilibrá-lo se mostrou necessário; e desta forma uma faixa anular rodopiou como nas duas vezes anteriores; a qual, ao se romper por meio da não uniformidade, consolidou-se no planeta Saturno. Esse último liberou, em primeiro lugar, sete faixas uniformes, as quais, ao se romperem, foram esfericizadas, convertendo-se no mesmo número de luas; porém, subsequentemente, o planeta parece ter descarregado, em três épocas distintas mas não muito distantes, três anéis cuja equanimidade de constituição era, devido a um acidente aparente, tão considerável que não ofereceu motivo para suas rupturas; assim, eles continuaram a girar como anéis. Uso a frase "acidente *aparente*" porque de acidente, no sentido ordinário, não houve nada, é claro: o termo é apropriadamente aplicado apenas como resultado de uma *lei* indistinguível ou não imediatamente constatável.

Encolhendo ainda mais até ocupar o espaço circunscrito pela órbita de Júpiter, o Sol agora necessitava de mais esforços para restaurar o equilíbrio de suas duas forças, continuamente desarranjadas pelo aumento ainda contínuo da rotação. Júpiter, dessa forma, foi então liberado, passando da condição anular à planetária; e, ao atingir essa última, liberou por sua vez, em quatro eras diferentes, quatro anéis, que finalmente se converteram no mesmo número de luas.

Ainda encolhendo até que sua esfera ocupasse exatamente o espaço definido pela órbita dos asteroides, o Sol agora liberou um anel que parecia ter tido *oito* centros de solidez superior, e que, ao se partir, parecia ter-se separado em nove fragmentos, nenhum dos quais até então predominaram em massa a ponto de absorver os outros.[22] Diante disso, todos, tão distintos, embora fossem planetas comparativamente pequenos, procederam a girar em órbitas cujas distâncias, entre uns e outros, podem ser consideradas, em certo grau, a medida da força que os conduziu à repartição. Não obstante, todas as órbitas estavam tão proximamente coincidentes que admitiram que lhes chamássemos de *uma*, tendo em vista as outras órbitas planetárias.

Continuando a encolher, o Sol, tornando-se tão pequeno a ponto de preencher apenas a órbita de Marte, agora liberou este planeta — claro, por meio do processo repetidamente descrito. Sem ter nenhuma lua, contudo, Marte não poderia haver descartado anel algum. De fato, uma época havia chegado na trajetória do corpo aparentado, o centro do sistema. O *de*créscimo de sua nebulosidade, que é o *a*créscimo de sua densidade, o qual, mais uma vez, é o *de*créscimo de sua condensação, a partir da qual surgiu a constante perturbação do equilíbrio, deve, neste período, ter atingido um ponto no qual os esforços de restabelecimento teriam sido mais e mais inefetivos, na mesma proporção em que eram menos e menos frequentemente necessários. Logo, os processos dos quais estivemos falando apresentariam, por todas as partes, sinais de exaustão — nos planetas, de início, e a seguir na massa original. Não devemos incorrer no erro de supor

---

[22] Outro asteroide foi descoberto desde que o trabalho foi para a impressão (o texto anteriormente citava oito). (N. T.)

que a diminuição do intervalo observado entre os planetas conforme nos aproximamos do Sol seja, em qualquer medida, indicativa de um aumento da frequência nos períodos ao longo dos quais eles foram liberados. O exato inverso é que deve ser compreendido. O mais extenso intervalo de tempo deve ter ocorrido entre as descargas dos dois planetas interiores; o mais curto, entre aquelas dos dois planetas exteriores. A diminuição do intervalo de espaço é, ainda assim, a medida da densidade, e, logo, inversamente, da condensação do Sol, ao longo dos processos detalhados.

Tendo encolhido, contudo, de modo a apenas preencher a órbita da nossa Terra, a esfera parente rodopiou e lançou a partir de si própria ainda um outro corpo, a Terra , em uma condição tão nebulosa que admitiu a esse corpo descartar, por sua vez, ainda um outro, que é a nossa Lua; mas aqui se encerraram as formações lunares.

Finalmente, descendo até as órbitas primeiro de Vênus e depois de Mercúrio, o Sol liberou esses dois planetas interiores, nenhum dos quais deu origem a lua alguma.

Assim, de seu volume original — ou, para falarmos mais precisamente, da condição na qual de início o consideramos —, a partir de uma massa nebular parcialmente esfericizada, com *certamente* muito mais de 8 milhões e novecentos mil quilômetros de diâmetro, o grande orbe central e a originário do nosso sistema solar, planetário e lunar, gradualmente descendeu, por meio da condensação, obedecendo à lei da gravidade, a um globo de apenas 1 milhão e quatrocentos mil quilômetros de diâmetro; mas de forma alguma se conclui ou que sua condensação já tenha se completado, ou que ele não tenha mais capacidade de liberar um outro planeta.

Aqui apresentei — em contornos gerais, é claro, mas ainda com todos os detalhes necessários para a clareza — uma visão da teoria nebular conforme seu próprio autor a concebeu. Seja qual for o ponto a partir da qual a contemplamos, haveremos de considerá-la *lindamente verdadeira*. Ela é bela em demasia, de fato, para *não* possuir a verdade como sua essência — e aqui sou profundamente sério no que afirmo. Na revolução dos satélites de Urano, parece haver algo aparentemente inconsistente com os pressupostos de Laplace; mas que essa *única* inconsistência possa invalidar uma teoria construída a partir de um milhão de consistências intrincadas é uma ilusão apropriada apenas para os fantasiosos. Ao profetizar, confidencialmente, que a aparente anomalia à qual me refiro vai, cedo ou tarde, ser encontrada como uma das mais fortes corroborações da hipótese geral, não tenciono a nenhum espírito de adivinhação particular. É o caso no qual a única dificuldade parece ser *não* prever.[23]

Os corpos lançados para fora nos processos descritos trocariam, como se viu, a *rotação* superficial dos orbes dos quais foram originados por uma *revolução* de igual velocidade em torno desses orbes como centros distantes; e a revolução, assim engendrada, deve prosseguir, enquanto a força centrípeta, ou aquela com a qual o corpo descartado gravita na direção de seu semelhante, não é nem maior, nem menor do que a força pela qual foi descartada; isto é, que a centrífuga, ou, muito mais apropriadamente, que a velocidade tangencial. Contudo, a partir da união da origem dessas duas forças, poderíamos esperar encontrá-las como foram encontradas: uma precisamente

---

[23] Estou pronto para demonstrar que a revolução anômala dos satélites de Urano é apenas uma anomalia perspectiva originando-se na inclinação do eixo do planeta. (N. A.)

contrabalanceando a outra. Foi demonstrado, de fato, que o ato de lançar-se para fora é, em todo caso, apenas um ato de preservação do contrabalanceamento.

No entanto, ao atribuírem a força centrípeta à onipresente lei da gravidade, tem sido recorrente aos tratados astronômicos buscarem além dos limites da mera natureza — isto é, da causa *secundária* — uma solução para os fenômenos da velocidade tangencial. Este último eles atribuem diretamente a uma causa *primeira* — a Deus. Afirmam que a força que conduz um corpo estelar em torno de seu corpo principal tenha sido originada por um impulso dado imediatamente pelo dedo — esta é a fraseologia infantil empregada —, pelo dedo da própria divindade. Nesta perspectiva, concebem os planetas, totalmente formados, como tendo sido lançados pela mão divina a uma posição nas cercanias dos sóis, com um ímpeto matematicamente adaptado às massas, ou às capacidades atrativas, dos próprios sóis. Uma ideia tão grosseiramente antifilosófica, embora tão largamente adotada, só poderia ter surgido diante da dificuldade de conceber a adaptação absolutamente precisa, uma à outra, de duas forças tão aparentemente independentes, uma da outra, como são as forças gravitacional e tangencial. Mas deve - se lembra r que, por um longo período, a coincidência entre a rotação da Lua e sua revolução sideral — aparentemente duas questões muito mais independentes do que aquelas ora consideradas — foi contemplada como decisivamente miraculosa; e que havia uma forte inclinação, mesmo entre astrônomos, a atribuir o maravilhoso à direta e contínua ação de Deus — O qual, neste caso, afirmava-se, considerou necessário interpor, especialmente entre Suas leis gerais, um grupo de regulamentos subsidiários com o propósito de ocultar para sempre dos olhos mortais as glórias, ou talvez os horrores, do outro lado da Lua — daquele misterioso hemisfério que sempre se esquivou, e deve perpetuamente se esquivar, do escrutínio telescópico da humanidade. O avanço da ciência, contudo, logo demonstrou — o que para o instinto filosófico *não* precisava ser demonstrado — que um movimento não é senão uma parte — algo mais, até mesmo uma consequência — do outro.

De minha parte, não tenho paciência para fantasias a um só tempo tão receosas, tão inúteis, tão constrangedoras. Elas pertencem à mais covarde linha de pensamento. De que a natureza e o Deus da natureza sejam distintos entre si, nenhum ser inteligente pode duvidar por muito tempo. À primeira, meramente atribuímos as leis do segundo. Mas junto com a própria ideia de Deus, onipotente, onisciente, acalentamos também a ideia da *infalibilidade* de Suas leis. Como Ele, não havendo nem passado ou futuro — com Ele, tudo sendo *agora* —, será que não O insultamos ao supor que Suas leis sejam tão inventadas de modo a não sustentarem qualquer incerteza possível? Ou melhor, qual ideia *podemos* ter de *qualquer* incerteza possível, senão a de que ela é o resultado imediato e a manifestação de Suas leis? Aquele que, livrando-se de preconceitos, tiver a rara coragem de pensar absolutamente por si mesmo não falhará a atingir, no final, a condensação de *leis* em uma *lei*; não falhará ao atingir a conclusão de que *cada lei da natureza é dependente, em todos os aspectos, de todas as outras leis*, e que todas não são senão consequências de um exercício inicial da vontade divina. Tal é o princípio da cosmogonia a qual, com toda a deferência necessária, aqui me aventuro a sugerir e a sustentar.

Nesta perspectiva, será observado que, descartada como frívola, e mesmo ímpia, a ilusão da força tangencial sendo aplicada aos planetas imediatamente pelo "dedo de Deus", considero essa força como originada pela rotação das estrelas; considero esta rotação como ocasionada pelo influxo dos átomos primários, na direção de seus respectivos centro de agregação; esse influxo, como a consequência da lei da gravidade; essa lei, como apenas o modo pelo qual necessariamente se manifesta a tendência dos átomos de retorno à imparticularidade; essa tendência de retorno, como somente a inevitável reação ao primeiro e mais sublime dos atos — aquele ato com o qual um Deus, existindo por si próprio e existindo solitário, tornou-se todas as coisas ao mesmo tempo, por meio da força de sua vontade, enquanto todas as coisas, então, configuraram uma parte de Deus.

As suposições radicais deste discurso me sugerem, e na verdade implicam, algumas *modificações* importantes na teoria nebular conforme concebida por Laplace. Considerei os esforços da força repulsiva como realizados em prol de evitar o contato entre os átomos, e como, portanto, realizados na proporção da tentativa de aproximação do contato — isto é, a proporção da condensação. Em outras palavras, a *eletricidade*, com seus fenômenos involutos, calor, luz e magnetismo, há de ser compreendida como procedendo da mesma forma que a condensação procede e, é claro, de forma inversa a como a densidade procede, ou o *cessar de condensar*. Desta forma o Sol, no processo de sua consolidação, necessita logo, ao desenvolver a repulsão, ter se tornado excessivamente aquecido — talvez incandescente. E podemos perceber como a operação de descartar seus anéis deve ter sido materialmente amparada pela suave encrustração de sua superfície, em consequência do resfriamento. Qualquer experimento ordinário nos demonstra quão imediatamente uma crosta com as características sugeridas é separada, por meio da heterogeneidade, da massa interior. Porém, a cada sucessiva rejeição da crosta, a nova superfície pareceria tão incandescente quanto antes; e o período no qual voltaria a se tornar incrustada a ponto de ser prontamente solta e descartada pode muito bem ser considerado exatamente coincidente com aquele no qual um novo esforço seria necessário, a toda a massa, para restaurar o equilíbrio de suas duas forças, desarranjadas pela condensação. Em outras palavras: no momento em que a influência elétrica (repulsão) tiver preparado a superfície para a rejeição, haveremos de entender que a influência gravitacional (atração) estará pronta para, precisamente, rejeitá-la. Portanto, aqui, assim como em qualquer lugar, *o corpo e a alma caminham de mãos dadas.*

Essas ideias estão empiricamente comprovadas em todos os aspectos. Como a condensação em qualquer corpo jamais poderá ser considerada como estando absolutamente no final, é seguro afirmarmos que, sempre que tivermos uma oportunidade de testar a matéria, haveremos de encontrar sinais de luminosidade residente em *todos* os corpos estelares — luas e planetas, assim como sóis. Que nossa lua é fortemente autoluminosa, nós vemos em cada eclipse total, quando, se não fosse assim, ela desapareceria. Na parte escura do satélite, também, durante suas fases, com frequência observamos cintilações como as nossas próprias auroras; e é bem evidente que essas últimas, com seus vários e diversos assim chamados fenômenos elétricos, sem referência a qualquer radiância mais estável, deva conferir à nossa Terra uma certa aparência de luminosidade para um habitante da Lua.

De fato, devemos compreender todos os fenômenos aqui referidos como meras manifestações, em diferentes disposições e graus, da condensação debilmente contínua da Terra.

Se minhas perspectivas forem sustentáveis, estaremos preparados para considerar os planetas mais recentes — isto é, os mais próximos do Sol — como mais luminosos do que aqueles mais velhos e distantes. E o brilho extremo de Vênus (em cujas partes escuras, durante suas fases, as auroras são frequentemente visíveis) não parece ser totalmente justificado por sua mera proximidade do orbe central. O planeta é, sem dúvida, autoluminoso, embora menos do que Mercúrio; enquanto a luminosidade de Netuno seja, comparativamente, nula.

Admitindo-se o que afirmei, é claro que, a partir do momento no qual o Sol descarta um anel, tem de haver uma diminuição contínua tanto de seu calor quanto de sua luz, em decorrência da ininterrupta i ncrust ação de sua superfície; e haverá de se tornar evidente a chegada de um período — o período imediatamente anterior a uma nova descarga — no qual ocorrerá uma diminuição *bastante palpável* tanto de luz quanto de calor. Ora, sabemos que sinais de tais transformações são distintamente reconhecíveis. Na ilha Melville — para apresentarmos apenas um entre centenas de exemplos —, encontramos traços de vegetação *ultratropical*, de plantas que jamais poderiam ter florescido sem quantidades imensamente maiores de luz e calor do que atualmente são proporcionadas por nosso Sol em qualquer parte da superfície da Terra. Será tal vegetação referente a uma época imediatamente subsequente ao lançar-se-para-fora de Vênus? Nessa época deve ter ocorrido, para nós, nosso maior acesso à influência solar; e, de fato, essa influência deve ter atingido o seu máximo

— desconsiderando-se, claro, o período quando a própria Terra foi descartada, o período de sua mera organização.

De novo: sabemos que existem *sóis não luminosos* — isto é, sóis cuja existência determinamos por meio do movimento de outros sóis, mas cuja luminosidade não é suficiente para nos impactar. Serão esses sóis invisíveis apenas por conta da duração do tempo transcorrido desde que descartaram um planeta? E de novo: não poderemos, pelo menos em certos casos, atribuir o súbito surgimento de sóis onde antes nenhum havia sido visto à hipótese de que, tendo girado com superfícies incrustadas ao longo dos poucos milhares de anos de nossa história astronômica, cada um desses sóis, ao rodopiar para fora um planeta secundário, tenha eventualmente podido expor as glórias de seu interior ainda incandescente? Quanto ao fato bem comprovado do aumento proporcional de calor conforme descendemos à Terra, não preciso fazer nada além de aludir a ele, é claro: isso serve como a mais forte corroboração possível de tudo o que afirmei sobre o tema agora em questão.

Ao abordar, não tanto tempo atrás, a influência elétrica ou repulsiva, salientei que "o importantes fenômenos da vitalidade, da consciência e do pensamento, quer os observemos em geral ou nos detalhes, parecem proceder *pelo menos na proporção do heterogêneo*. Mencionei, também, que recorreria à sugestão: e este é o ponto apropriado para fazê-lo. Contemplando o tópico primeiramente nos detalhes, constatamos que não apenas a *manifestação* da vitalidade, mas sua importância, consequência e elevação de caráter, acompanham bem de perto a heterogeneidade ou complexidade da estrutura animal. Contemplando a questão, agora, em seu aspecto geral, e com referência aos primeiros movimentos dos átomos na direção da constituição da massa, constatamos que a heterogeneidade, ocasionada diretamente pela condensação, é a esta sempre proporcional. Assim chegamos à proposição de que *a importância do desenvolvimento da vitalidade terrestre procede da mesma forma que a condensação terrestre*.

Ora, isso está em perfeita consonância com o que sabemos da sucessão de animais na Terra. Conforme se procedeu em sua condensação, raças superiores e ainda mais superiores surgiram. Será impossível que as sucessivas revoluções geológicas que ao menos acompanharam, se não causaram imediatamente, essas sucessivas elevações de características vitais; será improvável que essas revoluções tenham elas mesmas sido produzidas pelas sucessivas descargas planetárias vindas do Sol — em outras palavras, pelas sucessivas variações da influência solar sobre a Terra? Se essa ideia fosse sustentável, não estaríamos injustificados ao imaginar que a descarga de um novo planeta, mais interior do que Mercúrio, ainda possa fazer surgir uma nova modific ação na superfície terrestre — uma modificação da qual possa nascer uma raça ao mesmo tempo material e espiritualmente superior à humanidade. Esses pensamentos me impressionam com toda a força da verdade — mas eu os apresento, é claro, apenas dentro do óbvio âmbito da sugestão.

A teoria nebular de Laplace recebeu, recentemente, muito mais confirmações do que era necessário pelas mãos do filósofo Comte. Juntos, esses dois demonstraram, então, *não* que a matéria de fato existiu como descrita em qualquer período, em um estado de difusão nebular, mas que, admitindo-a como tendo existido através do espaço e muito além do espaço agora ocupado pelo nosso sistema solar, e *que tenha começado um movimento na direção de um centro*, ela deve ter assumido gradualmente as várias formas e os vários movimentos agora observados naquele sistema. Uma demonstração como esta, uma demonstração dinâmica e matemática, tanto quanto uma demonstração possa ser, incontestável e inquestionável — à exceção, claro, daquela tribo inútil e desonrosa de questionadores profissionais, os malucos ordinários que negam a lei newtoniana da gravidade na qual os resultados dos matemáticos franceses se baseiam —, uma demonstração como esta, repito, seria conclusiva para a maioria dos intelectos — e confesso que o é para o meu — no tocante à validade da hipótese nebular da qual tal demonstração depende.

Que a demonstração não *prova* a hipótese, de acordo com o entendimento comum da palavra "prova", eu o admito, é claro. Mostrar que certos resultados existentes — certos fatos estabelecidos — possam ser, mesmo matematicamente, explicados pela suposição de uma certa hipótese não significa, de modo algum, estabelecer a hipótese em si. Em outras palavras: a demonstração de que, ante o fornecimento de alguns dados, um certo resultado existente poderia, ou até *deveria* ter ocorrido, falhará ao provar que esse resultado *de fato* ocorreu *a partir dos dados*, até que também seja demonstrado que não há, *nem pode haver*, outros dados a partir dos quais o resultado em questão poderia *igualmente* ter ocorrido. Porém, no caso agora debatido, embora todos sejamos obrigados a admitir a deficiência do que se convencionou denominar "prova", ainda há muitos intelectos, e intelectos da mais elevada ordem, para os quais *nenhuma* prova poderia trazer sequer uma fração de *convicção* adicional. Sem entrar em detalhes que possam invadir o nebuloso terreno da metafísica, neste ponto consigo observar que a força da convicção, em casos como esses, será sempre, seguindo o pensamento adequado, proporcional à porção de *complexidade* que intervém entre a hipótese e o resultado. Sendo menos abstrato: a grandeza da complexidade existente em condições cósmicas, ao tornar igualmente grande a dificuldade de explicar todas essas condições *de uma só vez*, fortalece, também na mesma proporção, nossa fé naquela hipótese que, de tal maneira, as explica satisfatoriamente. E como *nenhuma* complexidade pode ser concebida como maior do que aquela das condições astronômicas, então nenhuma convicção pode ser mais forte — ao menos para a *minha* mente — do que aquela com a qual me impressionei por uma hipótese que não apenas reconcilia essas condições com precisão matemática, e as reduz a um todo consistente e inteligível, mas que também é, ao mesmo tempo, a *única* hipótese por meio da qual o intelecto humano poderá *de algum modo* explicá-las.

Nos últimos tempos, uma opinião deveras infundada se tornou recorrente na boataria e mesmo nos círculos científicos: a opinião de que a assim chamada cosmogonia nebular foi derrubada. Ess e delírio surgiu a partir do relato das últimas observações realizadas no que foi até aqui nomeado como as "nebulosas", através do grande telescópio de Cincinnati e do mundialmente famoso instrumento de lorde Rosse. Algumas manchas no firmamento que apresentaram, até para o mais poderoso dos velhos telescópios, a aparência de nebulosidade, ou de névoa, foram por muito tempo consideradas como confirmadoras da teoria de Laplace. Eram contempladas como estrelas no mesmo processo de condensação que venho tentando descrever. Logo, se supôs que "tínhamos a prova ocular" — uma prova, aliás, que sempre foi considerada bastante questionável — da verdade da hipótese; e embora alguns avanços telescópicos, vez ou outra, nos permitissem perceber que uma mancha, aqui e ali, a qual até então classificamos entre as nebulosas era, na verdade, somente um grupo de estrelas derivando sua aparência nebular apenas da imensidade da distância, ainda assim pensava-se que nenhuma dúvida poderia haver a respeito da nebulosidade atual de inúmeras outras massas, as fortalezas dos nebulistas, lançando um desafio a qualquer esforço de segregação. Dessas últimas, a mais interessante era a grande "nebulosa" na constelação de Órion; mas ela, com suas inúmeras outras massas chamadas erroneamente de "nebulosas", quando vista através dos magníficos telescópios modernos, foi convertida em um mero conjunto de estrelas. Ora, este fato tem sido geralmente compreendido como conclusivo contra a hipótese nebular de Laplace; e, ao anunciar as descobertas em questão, o defensor mais entusiasmado e o divulgador mais eloquente da teoria, o dr. Nichol, chegou ao ponto de "admitir a necessidade de abandonar" uma ideia que compusera o material de seu livro mais louvável.[24]

Sem dúvida muitos de meus leitores estarão inclinados a afirmar que o resultado dessas novas investigações *apresenta* pelo menos uma forte *tendência* a derrubar a hipótese; enquanto alguns entre eles, mais sensatos, vão sugerir que, embora a teoria de modo algum

---

24   Views of the Architecture of the Heavens [Visões da Arquitetura dos Céus]. Uma carta atribuída ao dr. Nichol para um amigo na América apareceu em nossos jornais cerca de dois anos atrás, acho, admitindo "a necessidade" à qual me refiro. Em uma palestra subsequente, contudo, o dr. N. parece de algum modo ter deixado de lado a necessidade e não renuncia exatamente a teoria, embora pareça desejar que pudesse zombar dela como "puramente hipotética". Que outra coisa era a lei da gravidade antes dos experimentos de Maskelyne? E quem, mesmo então, questionou a lei da gravidade? (N. A.)

seja reprovada pela segregação das aludidas "nebulosas" particulares, ainda assim uma *falha* ao segregá-las, com tais telescópios, poderia muito bem ter sido compreendida como uma *corroboração* triunfal da teoria. E esse último grupo teria se surpreendido, talvez, ao me ouvir dizer que mesmo *deles* eu discordo. Se as proposições deste meu texto foram compreendidas, haverá de ser observado que, em meu ponto de vista, uma falha ao segregar a "nebulosa" teria conduzido à rejeição, mais do que à confirmação, da hipótese nebular.

Permita-me explicar: podemos, é claro, assumir a lei newtoniana da gravidade como demonstrada. Atribuí essa lei, vale lembrar, à reação do primeiro ato divino — à reação de um exercício da vontade divina temporariamente superando uma dificuldade. Essa dificuldade é a de forçar o normal no anormal — de impelir aquilo cuja originalidade, e portanto cuja condição correta, era a *unidade* a tomar para si a condição errada do *diverso*. Apenas compreendendo essa dificuldade como *temporariamente* superada é que nós podemos compreender uma reação. Não poderia ter havido reação alguma caso o ato tivesse continuado infinitamente. Enquanto o ato *durasse*, nenhuma reação, é claro, poderia ter início; em outras palavras, nenhuma *gravitação* poderia ocorrer, pois já consideramos uma como a manifestação da outra. Mas a gravitação *ocorreu*; portanto, o ato de criação cessou; e a gravitação ocorreu muito tempo atrás; portanto, o ato de criação cessou muito tempo atrás. Assim sendo, não podemos contar com a observação dos *processos primários* da criação; e já foi explicado que a condição de nebulosidade pertence a esses processos.

A partir do que conhecemos sobre a propagação da luz, temos provas diretas de que as estrelas mais remotas existiram, nas formas com as quais agora as vemos, por um número inimaginável de anos. Portanto, o tempo no qual ocorreram os processos constitutivos de massa deve ter sido *pelo menos* tão antigo quanto o período no qual essas estrelas sofreram condensação. Então, se consideramos esses processos como ainda ocorrendo nos casos de algumas "nebulosas", enquanto em todos os outros casos nós os detectamos como completamente finalizados, seremos forçados a fazer suposições para as quais não temos *nenhuma* base — temos de lançar mais uma vez, contra a razão revoltada, a ideia blasfema de interposição especial; temos de supor que, em aspectos particulares dessas "nebulosas", um Deus infalível considerou necessário introduzir alguns regulamentos suplementares — em uma palavra, certos aprimoramentos da lei geral, certos retoques e emendas, os quais tiveram o efeito de adiar a completude dessas estrelas individuais por séculos e séculos além da era durante a qual todos os outros corpos estelares tiveram tempo não apenas de se constituírem por completo, mas de envelhecerem com uma idade inconcebível.

Claro, será imediatamente levantada a objeção de que, supondo-se que a luz graças à qual hoje reconhecemos as nebulosas seja meramente aquela que deixou suas superfícies incontáveis anos atrás, os processos ora observados, ou supostamente observados, *não* são, na verdade, processos acontecendo agora, mas os fantasmas de processos concluídos há muito no passado — assim como defendo que todos esses processos de constituição de massa *devam* ter ocorrido.

A isso respondo que nem a ora observada condição das estrelas condensadas é a sua condição atual, mas sim uma condição finalizada muito tempo atrás; então meu argumento retirado da *relativa* condição das estrelas e das "nebulosas" de maneira alguma é comprometido. Além disso, aqueles que defendem a existência das nebulosas *não* atribuem a nebulosidade à distância extrema; declaram que essa nebulosidade é real e não meramente perspectiva. Já que consideramos, de fato, uma massa nebular como de algum modo visível, precisamos concebê-la como *muito próxima a nós* em comparação com as estrelas condensadas visualizadas pelos telescópios modernos. Assim, sustentando que as aparências em questão sejam realmente nebulosas, sustentamos também suas cercanias comparativas ao nosso ponto de vista. Logo, sua condição, como agora a vemos, deve ser atribuída a uma época *bem menos remota* do que aquela à qual podemos atribuir a condição atualmente observada de ao menos a maioria das estrelas. Em suma, se um dia a astronomia demonstrar uma "nebulosa", no pretendido sentido atualmente, haverei de considerar a cosmogonia nebular, na verdade, *não* como corroborada pela demonstração, mas como irremediavelmente derrubada.

Contudo, para que não seja dado a César *nada mais* do que as coisas que são de César, permita-me aqui salientar que a suposição da hipótese que levou Laplace a um resultado tão glorioso deve ter sido a ele sugerida, em grande medida, por um equívoco geralmente recorrente — o mesmo equívoco do qual falamos há pouco — acerca das características das nebulosas, tão mal nomeadas. Laplace as supôs como sendo, na realidade, o que sua designação implica. O fato é que este grande homem tinha, muito acertadamente, uma fé diminuta em seus próprios poderes *perceptivos*. Com respeito, portanto, à existência atual das nebulosas — uma existência mantida de maneira tão confidencial por seus contemporâneos afeitos ao telescópio —, ele se amparou menos no que viu e mais no que ouviu.

Será observado que as únicas objeções válidas à teoria de Laplace são aquelas feitas à hipótese *como tal*; ao que a sugeriu, e não ao que ela sugere; às proposições e não aos resultados. Sua suposição mais injustificada foi a de atribuir aos átomos um movimento na direção do centro, bem diante de seu evidente entendimento de que esses átomos, em sucessão ilimitada, se estendiam ao longo do espaço universal. Já demonstrei que, sob tais circunstâncias, não poderia ter ocorrido nenhum movimento; e Laplace, consequentemente, assumiu a ocorrência de um movimento sem outra base filosófica que não o fato de que algo do tipo era necessário para o estabelecimento do que ele pretendia estabelecer.

Sua ideia original pareceu ter sido um composto dos verdadeiros átomos epicuristas com a falsa nebulosa de seus contemporâneos; e assim, sua teoria nos ofereceu a singular anomalia da verdade absoluta deduzida, como resultado matemático, de um conjunto de dados híbridos da imaginação antiga entremeada com a inépcia moderna. A verdadeira força de Laplace reside, na realidade, em um instinto matemático quase miraculoso: nisto ele se amparou; e em momento algum esse instinto o decepcionou. No caso da cosmogonia nebular, conduziu-o de olhos fechados por um labirinto de erros até o mais luminoso e estupendo dos templos da verdade.

Agora vamos imaginar, pelo momento, que o primeiro anel liberado pelo Sol — isto é, o anel cuja ruptura originou Netuno — só tenha se quebrado, na verdade, quando foi liberado o anel a partir do qual surgiu Urano; esse último anel, novamente, permaneceu perfeito até o descarte daquele que originou Saturno; e que esse último, mais uma vez, permaneceu inteiro até a liberação do anel que originou Júpiter — e por aí vai. Em uma palavra, vamos imaginar que nenhuma dissolução tenha ocorrido em meio aos anéis até a rejeição final daquele que originou Mercúrio. Assim pintamos o cenário de uma série de círculos concêntricos coexistentes; e, olhando tanto para *eles* quanto para os processos pelos quais, de acordo com a hipótese de Laplace, eles foram criados, percebemos de imediato uma analogia bem singular entre os estratos atômicos e o processo de irradiação original conforme o descrevi. Não seria possível que, ao medirmos as *forças* respectivas com as quais cada círculo planetário sucessivo foi lançado — isto é, ao medirmos os sucessivos excessos de rotação sobre gravitação que causaram as sucessivas descargas —, nós constatássemos que a analogia em questão seria decisivamente confirmada? *Não seria provável que descobríssemos que essas forças teriam variado — como na irradiação original — em proporção aos quadrados das distâncias?*

Nosso sistema solar — consistindo no geral de um Sol com dezesseis planetas confirmados, e possivelmente alguns a mais, girando em torno do astro com distâncias variadas, e acompanhados de dezessete luas ao certo, mas *muito* provavelmente por várias outras — agora deve ser considerado *um exemplo* das incontáveis aglomerações que se espalharam pela esfera universal de átomos após a retirada da vontade divina. Quero afirmar que nosso sistema deve ser compreendido como um *exemplo genérico* dessas aglomerações ou, mais corretamente, das condições ulteriores às quais elas chegaram. Se mantivermos fixa a nossa atenção na ideia da *relação máxima possível* como desígnio onipotente, e nas precauções tomadas para atingi-la por meio da diferença de forma entre os átomos originais e da inequidistância particular, haveremos de descobrir ser impossível supor, por um momento sequer, que mesmo um par qualquer das aglomerações incipientes tenha alcançado precisamente o mesmo resultado no final. Antes, nos inclinaremos a pensar que *nenhum* par de corpos estelares do universo — sejam sóis, planetas ou luas — particularmente é similar (embora *todos*, no geral, sejam). Menos ainda, então, podemos imaginar qualquer par de *conjuntos* de tais corpos — qualquer par de "sistemas" — como tendo algo mais do que uma semelhança genérica.[25] Nossos telescópios, neste ponto, confirmam nossas deduções. Tomando o nosso próprio sistema solar, então, como um tipo meramente ordinário e genérico de todos os sistemas, procedemos até aqui em nosso tema de modo a observar o universo sob a perspectiva de um espaço esférico, ao longo do qual, disperso com um equilíbrio meramente geral, existe um número de *sistemas* exclusivamente similares na generalidade.

Vamos agora, ao expandir nossas concepções, examinar cada um desses sistemas como se fosse um átomo; o que ele é de fato, quando o consideramos apenas um dos incontáveis milhares de sistemas que constituem o universo. Contemplando todos, então, como meros átomos colossais, cada um com a inerradicável tendência à unidade que caracteriza os verdadeiros átomos que os compõem, adentramos de imediato uma nova ordem de agregações. Os sistemas menores,

---

[25] Não é impossível que alguma inovação ótica ainda não descoberta possa revelar a nós, entre inumeráveis variedades de sistemas, um sol luminoso cercado por anéis luminosos e não luminosos, por dentro, por fora e por entre os quais girem planetas luminosos e não luminosos, acompanhados de luas que possuem luas — e mesmo essas últimas possuindo, novamente, luas. (N. A.)

nas vizinhanças de um sistema maior, inevitavelmente seriam atraídos a ele com uma proximidade ainda maior. Mil se uniriam aqui; um milhão, ali — talvez até um bilhão —, deixando, assim, vazios imensuráveis no espaço. E se agora fosse questionado por que, no caso desses sistemas — desses meros átomos titânicos —, eu falo apenas de um "conjunto", e não, como no caso dos átomos reais, de uma aglomeração mais ou menos consolidada; se fosse questionado, por exemplo, por que eu não conduzo o que sugiro até sua conclusão legítima e descrevo, de uma vez, esses conjuntos de sistemas-átomos como rumando acelerados para se consolidar em esferas — como cada um deles se condensando em um sol magnífico —, minha resposta é aquele $\mu\varepsilon\lambda\lambda o\nu\tau\alpha\ \tau\alpha\upsilon\tau\alpha$;[26] apenas me detenho, por um momento, no terrível umbral do *futuro*. Para o presente, ao chamarmos esses conjuntos de "aglomerados", nós os contemplamos em seus estágios incipientes de consolidação. Sua *absoluta* consolidação ainda está *por vir*.

Agora chegamos a um ponto do qual contemplamos o universo como um espaço esférico, ocupado de maneira *desequilibrada* por *aglomerações*. Será constatado que aqui prefiro o adjetivo "desequilibrada" à frase "com um equilíbrio meramente geral", empregada antes. Está evidente, de fato, que o equilíbrio da distribuição vai diminuir na razão dos processos aglomerativos — quero dizer, conforme os anéis distribuídos diminuem em número. Logo, o aumento do *desequilíbrio* — um aumento que vai continuar até, cedo ou tarde, chegar o momento no qual a maior aglomeração absorverá todas as outras

---

26 Do grego, "mellonta tauta": "coisas do futuro" ou "coisas que estão no futuro". Também é o título de um conto de Poe publicado em 1849. (N. T.)

— devia ser visto somente como uma indicação corroborativa da *tendência à unidade*.

E aqui, finalmente, parece adequado indagar se os *fatos* comprovados da astronomia confirmam o arranjo geral que dessa forma atribuí, dedutivamente, aos céus. Eles *confirmam* por completo. A observação telescópica, conduzida pelas leis da perspectiva, nos permite compreender que o universo perceptível existe como *uma aglomeração de aglomerações, irregularmente distribuídas*.

As "aglomerações" que compõem a "*aglomeração de aglomerações*" universal são apenas o que nós viemos nos esforçando para designar como "nebulosas" — e, dessas "nebulosas", *uma* é de soberano interesse para a humanidade. Refiro-me à galáxia, ou Via Láctea. Ela nos interessa, primeira e obviamente, por conta de sua grande superioridade em tamanho aparente — não apenas em relação a qualquer outra aglomeração no firmamento, mas também a todas as outras consideradas em conjunto. Comparativamente, a maior entre essas últimas ocupa um mero ponto, e só é observável distintamente com o auxílio de um telescópio. A galáxia se espraia pelo céu e é nitidamente visível ao olho nu. Mas ela interessa à humanidade principalmente, embora menos imediatamente, por conta de ser seu lar; o lar da Terra na qual a humanidade existe; o lar do Sol em torno do qual essa Terra se desloca; o lar daquele "sistema" de orbes do qual o Sol é o centro e o orbe primário, a Terra sendo um dos dezessete secundários, ou planetas, a Lua sendo um dos dezessete terciários, ou satélites. A galáxia, permita-me repetir, não é senão uma das *aglomerações* que venho descrevendo — não é senão uma das erroneamente chamadas "nebulosas" a nós reveladas, às vezes somente pelo telescópio, como vagos pontos nevoentos em vários quadrantes do céu. Não temos motivos para supor que a Via Láctea seja *realmente* mais extensa que a menor dessas "nebulosas". Sua vasta superioridade em tamanho é apenas uma superioridade aparente, originada de nossa posição em relação a ela; isto é, de nossa posição em meio a ela. Por mais estranha que de início a afirmação possa parecer àqueles não versados em astronomia, ainda assim o astrônomo não hesita em asseverar que estamos *no meio* daquele inconcebível conjunto de astros — de sóis, de sistemas — que constituem a galáxia. Além disso, não apenas *nós* temos; não apenas *nosso* Sol tem o direito de reivindicar a galáxia como sua própria aglomeração especial; mas, com ligeira reserva, pode-se dizer que todos os astros distintamente visíveis do firmamento, todas as estrelas visíveis ao olho nu, têm da mesma forma o direito de reivindicar a galáxia como *sua* própria.

Tem havido muitos equívocos a respeito da *forma* da galáxia; da qual se afirma, em quase todos os nossos tratados astronômicos, que se assemelha a um Y maiúsculo. A aglomeração em questão tem, na verdade, uma semelhança geral — *bastante* geral — ao planeta Saturno, com seus anéis triplos cercando-o. Em vez do orbe sólido daquele planeta, contudo, devemos imaginar uma ilha estelar lenticular, ou uma coleção de estrelas; nosso Sol estando excentricamente — próximo à margem da ilha — naquele lado dela que é mais próximo da constelação do Cruzeiro e mais afastado da constelação de Cassiopeia. O anel circundante, no local em que se aproxima de nossa posição, tem em si uma *fenda* longitudinal que, na verdade, faz com que *o anel, em nossa cercania,* assuma vagamente a aparência de um Y maiúsculo.

Nós não devemos incorrer no erro, entretanto, de conceber o cinturão algo indefinido como de alguma maneira *remoto*, comparativamente falando, a partir da aglomeração lenticular também indefinida que ele cerca; e assim, em nome do mero propósito da explicação, podemos considerar nosso Sol como na realidade situado naquele ponto do Y onde suas três linhas componentes se unem; e imaginando que essa letra tenha alguma solidez — alguma espessura, muito trivial em comparação à sua extensão —, podemos até considerar nossa posição como sendo *no meio* dessa espessura. Imaginando-nos assim posicionados, não encontraremos mais dificuldades em explicar os fenômenos apresentados — que, no todo, são de perspectiva. Quando olhamos para cima ou para baixo — isto é, quando lançamos nosso olhar na direção da *espessura* da letra —, olhamos através de menos estrelas do que quando lançamos nossa mirada na direção de sua *extensão*, ou *ao longo* das três linhas componentes. É claro que, no caso anterior, as estrelas aparecem dispersas — e no último, aparecem abarrotadas. Invertendo essa explicação: um habitante da Terra, quando olhando, como no geral nos expressamos, *para* a galáxia, está então contemplando algumas das direções de sua extensão; está olhando *ao longo* das linhas do Y. Mas quando, olhando para o céu em geral, ele afasta seus olhos *da* galáxia, então está examinando-a na direção da espessura da letra; e por isso as estrelas lhe parecem dispersas, enquanto, na verdade, elas estão tão juntas, na média, quanto na massa da aglomeração. *Nenhuma* consideração poderia ser mais apta a transmitir a ideia da estupenda extensão desse aglomerado.

Se, com um telescópio de alto alcance no espaço, nós investigarmos cuidadosamente o firmamento, haveremos de constatar um *cinturão de aglomerações* — do que temos chamado até então de "nebulosas" —, uma faixa de largura variável esticando-se de um horizonte a outro, em ângulos retos ao curso geral da Via Láctea. Esta faixa é a máxima *aglomeração de aglomerações*. Esse cinturão é *o universo*. Nossa galáxia não é senão uma, e talvez uma das mais insignificantes, das aglomerações que constituem esse derradeiro, universal *cinturão* ou *faixa*. A aparência desse aglomerado de aglomerados, aos nossos olhos, de um cinturão ou faixa, é no todo um fenômeno perspectivo da mesma característica daquele que nos leva a contemplar nosso próprio aglomerado rudemente esférico individual, a galáxia, como também um cinturão, atravessando os céus retos em relação ao aglomerado universal. A forma da aglomeração que a tudo inclui é — *genericamente*, é claro — aquela de cada aglomeração individual que a compõe. Assim como as estrelas dispersas que, quando olhamos *da* galáxia, em geral vemos no céu são, na verdade, apenas uma porção daquela própria galáxia, e tão proximamente interligadas com ela como qualquer telescópio revela no que parece ser a mais densa porção de sua massa — assim também são as "nebulosas", as quais, lançando nosso olhar *a partir* do *cinturão* universal, percebemos em todos os pontos do firmamento. Então, digo eu, essas "nebulosas" dispersas devem ser consideradas dispersa s apenas em perspectiva, e como parte da única e suprema *esfera* universal.

Nenhuma falácia astronômica é mais insustentável, e nenhuma tem recebido mais adesões pertinazes, do que aquela da absoluta *ilimitação* do universo de estrelas. As razões para a limitação, como já as mencionei, *a priori* me parecem não ter resposta; porém, sem falar dessas, a *observação* nos assegura que há, em inúmeras direções ao nosso redor, decerto, se não em todas, um limite possível — ou, para dizer o mínimo, não nos fornece uma base qualquer para pensarmos o contrário. Fosse interminável a sucessão de estrelas, então o fundo do céu nos apresentaria uma luminosidade uniforme, como aquela demonstrada pela galáxia — *dado que não poderia existir nenhum ponto, em todo esse fundo, no qual não existisse uma estrela.* A única forma, portanto, com a qual, nesse tal estado de coisas, nós poderíamos compreender os *vácuos* que nossos telescópios encontram em inumeráveis direções seria supondo a distância do fundo invisível como tão imensa que nenhum raio vindo de lá ainda tenha sido capaz de nos alcançar. Quem se aventurará a negar que isso *possa ser* verdade? Sustento apenas que não temos sequer sombra de motivo para acreditar que assim *seja*.

Quando falei da propensão vulgar a considerar todos os corpos na Terra como meramente tendendo ao centro do planeta, observei que "com certas exceções a serem especificadas adiante , cada corpo na Terra tendia não apenas para o centro, mas para todas as direções possíveis também". As "exceções" referem-se àquelas brechas frequentes nos céus onde o nosso mais minucioso escrutínio não é capaz de detectar nem corpos estelares, nem indicações de sua existência; onde abismos escancarados, mais negros que o Érebo, parecem nos proporcionar vislumbres das muralhas fronteiriças do universo de estrelas até o ilimitável universo de vácuo além. Ora, como qualquer corpo existente na Terra tem chance de passar, seja por seu próprio movimento ou pelo do planeta, em uma linha com qualquer um desses vazios ou abismos cósmicos, esse corpo claramente não está mais atraído *na direção daquele vazio*, e consequentemente, pelo momento, está "mais pesado" do que em qualquer período, seja antes ou depois. Independentemente da consideração desses vazios, contudo, e olhando apenas para a distribuição no geral desigual das estrelas, vemos que a absoluta tendência dos corpos na Terra em direção ao centro mostra-se em um estado de perpétua variação.

Nós compreendemos, então, o isolamento de nosso universo. Percebemos a isolação *daquilo* — de *tudo* o que alcançamos com nossos sentidos. Sabemos que existe uma *aglomeração de aglomerações* — uma coleção ao redor da qual, por todos os lados, se estende um imensurável ermo de um espaço vazio *a toda percepção humana*. Mas *porque* nós somos impelidos a nos deter nesses confins do universo, por conta da ausência de maiores evidências dos sentidos, será correto concluir que, de fato, *não* existe nenhum ponto material além daquele que assim nos foi permitido atingir? Temos ou não temos um direito análogo à inferência de que esse universo perceptível, essa aglomeração de aglomerações, não é senão uma *série* de aglomerações de aglomerações, o restante das quais é invisível através da distância — através da difusão de sua luz sendo tão excessivamente antigas de modo a não produzir em nossas retinas uma impressão luminosa; ou por não haver, nesses mundos inefavelmente distantes, nenhuma emanação de luz; ou, por fim, por ser o mero intervalo tão vasto que as correntes elétricas de sua presença no espaço ainda não foram capazes de, ao longo de miríades de anos, atravessá-lo?

Não teremos qualquer direito a inferir? Não teremos qualquer fundamento para visões como essa? Se em *qualquer* medida temos direito a isso, temos direito à sua infinita extensão.

O cérebro humano tem obviamente uma inclinação para o "*infinito*", e acalenta o fantasma dessa ideia. Ele parece ansiar com fervor apaixonado por sua impossível concepção, pela esperança de acreditar intelectualmente nela, quando concebida. O que é geral entre toda a raça humana evidentemente nenhum indivíduo dessa raça pode ser compreendido ao considerar anormal; ainda assim, *pode* haver uma classe de inteligências superiores para as quais o aludido viés humano possa usar os trajes da monomania.

Minha questão, contudo, permanece sem resposta: teremos nós qualquer direito a inferir — ou melhor, digamos, a imaginar — uma interminável sucessão de "aglomerações de aglomerações", ou de "universos" mais ou menos similares?

Respondo que o "correto", em um caso como esse, depende totalmente da coragem daquela imaginação a qual se aventura a reivindicar o correto. Permita-me declarar apenas que, como indivíduo, eu mesmo me sinto impelido a *imaginar* — sem ousar ir além disso — que *existe sim* uma *ilimitada* sucessão de universos, mais ou menos similares àquele de que temos conhecimento — *somente* àquele do qual poderíamos ter conhecimento — até pelo menos o retorno de nosso próprio universo particular à unidade. *Se* ta is aglomerações de aglomerações existem , contudo — *e elas existem* —, está abundantemente claro que, não tendo participado de nossa origem, elas não têm nada de nossas leis. Nem nos atraem, nem nós as atraímos. Sua matéria, seu espírito não é o nosso — não é aquele que se obtém em qualquer parte de nosso universo. Elas não poderiam causar impressão em nossos sentidos ou em nossas almas. Entre elas e nós — considerando-se tudo, neste momento, coletivamente — não há influências em comum. Cada um existe separado e independentemente, *no seio de seu próprio Deus particular.*

No desenvolvimento deste discurso, viso menos à ordem física do que à metafísica. A clareza com que até fenômenos materiais se apresentam à compreensão depende muito pouco, há tempos já o aprendi a pe rceber, de um arranjo meramente natural e quase completamente moral. Se então eu pareço me deslocar de forma muito prolixa entre um ponto e outro de meu tema, permita-me sugerir que o faço na esperança de assim preservar intacta aquela cadeia de *impressão gradativa*, a única com a qual o intelecto da humanidade pode almejar a alcançar a grandiosidade do que falo, e a compreendê-la em sua majestosa totalidade.

Até agora, nossa atenção se dirigiu, quase exclusivamente, a um agrupamento geral e relativo de corpos astrais no espaço. Houve pouco de específico nisso; e quaisquer ideias de *quantidade* que foram transmitidas — isto é, de número, magnitude e distância — o foram acidentalmente e a título de preparação para concepções mais definitivas. Tentemos, agora, estabelecer essas últimas.

Nosso sistema solar consiste majoritariamente, como já foi mencionado, de um Sol e dezesseis planetas ao certo, mas com toda probabilidade de alguns outros mais, girando ao redor daquele como um centro, e acompanhados por dezessete luas que conhecemos, com a possibilidade de existirem muitas outras das quais ainda não sabemos nada. Esses vários corpos não são esferas verdadeiras, mas esferoides oblatos — esferas achatadas nos polos dos eixos imaginários ao redor do qual rotacionam, o achatamento sendo uma consequência de sua rotação. Nem o Sol é o centro absoluto do sistema, pois esse próprio

Sol, com todos os planetas, gira em torno de um ponto no espaço que está sempre mudando, o qual é o centro geral de gravidade do sistema. Tampouco devemos considerar os trajetos nos quais esses esferoides se movem — as luas em torno dos planetas, os planetas em torno do Sol, ou o Sol em torno do centro geral — como circulares, em um sentido estrito. Eles são, na verdade, *elipses — um dos focos sendo o ponto em torno do qual a revolução é realizada*. Uma elipse é uma curva retornando a si mesma, e um de seus diâmetros é mais longo do que o outro. No diâmetro mais extenso há dois pontos, equidistantes do meio da linha, e assim posicionados de forma que, se uma linha reta fosse desenhada a partir de cada um deles na direção de qualquer outro ponto da curva, as duas linhas, tomadas em conjunto, seriam iguais ao próprio diâmetro maior. Agora, vamos conceber uma elipse assim. Em um dos pontos mencionados, que são os *focos*, vamos fixar uma laranja. Com uma fita elástica, vamos ligar a laranja a uma ervilha, e vamos posicionar essa última na circunferência da elipse. Agora, movamos a ervilha continuamente ao redor da laranja — mantendo sempre a circunferência da elipse. A tira de elástico — que, claro, varia de extensão à medida que movemos a ervilha — formará o que em geometria é chamado de raio vetor. Ora, se a laranja for compreendida como o Sol, e a ervilha como um planeta girando ao redor dele, então o movimento seria realizado em uma tal razão — com a velocidade variando da mesma forma — que *o raio vetor possa passar por áreas do espaço em períodos iguais*. A progressão da ervilha *deveria ser* — em outras palavras, a progressão do planeta *é*, claramente — lenta em proporção à sua distância do Sol e veloz em proporção à sua proximidade. Esses planetas, além disso, movem-se tanto mais lentamente quanto mais distantes estejam do Sol; *os quadrados de seus períodos de revolução tendo a mesma proporção entre si, como têm entre si os cubos de suas distâncias médias do Sol.*

Contudo, as leis maravilhosamente complexas do movimento aqui descrito não devem ser compreendidas como existentes apenas no nosso sistema. Elas prevalecem *em todo lugar* no qual a atração prevalece. Elas controlam *o universo*. Cada grão cintilante no firmamento é, sem dúvida, um sol luminoso semelhante ao nosso próprio, ao menos em suas características gerais, e, tendo ao redor de si um número maior ou menor de planetas, maior ou menor, cuja luminosidade ainda vacilante não é o suficiente para torná-los visíveis a nós ante uma distância tão vasta, mas os quais, não obstante, giram, acompanhados de luas, ao redor de seus centros estelares, em obediência aos princípios há pouco detalhados; em obediência às três leis onipresentes do movimento, as três leis imortais *intuídas* pelo imaginativo Kepler, e só depois demonstradas e explicadas pelo paciente e matemático Newton. Em meio a um grupo de filósofos que se orgulham excessivamente de questões concretas, está demasiado na moda zombar de qualquer especulação com a abrangente alcunha de "obra conjectural". O ponto a ser considerado é *quem* conjectura. Ao conjecturarmos junto com Platão, usamos melhor o nosso tempo, vez ou outra, do que acompanhando uma demonstração feita por Alcmeão.

Em muitas obras sobre astronomia, vejo nitidamente declarado que as leis de Kepler são *as bases* do grande princípio, a gravitação. Essa ideia deve ter surgido do fato de que a sugestão dessas leis por Kepler, e sua comprovação *a posteriori* de que têm uma existência real, levou Newton a justificá-las por meio da hipótese da gravitação, e, finalmente, a demonstrá-las *a priori* como consequências obrigatórias do princípio hipotético. Logo, longe de as leis de Kepler serem a base da gravidade, a gravidade é a base dessas leis — como o é, na verdade, de todas as leis do universo material as quais não se referem unicamente à repulsão.

A distância média da Terra à Lua — ou seja, do corpo celeste mais próximo em nossas cercanias — é de aproximadamente 381 mil quilômetros. Mercúrio, o planeta mais próximo do Sol, está distante dele por 59 milhões de quilômetros. Vênus, o seguinte, movimenta-se a uma distância de quase 109 milhões; e a Terra, que vem a seguir, a uma distância de 152 milhões de quilômetros; Marte, então, a uma distância de 231 milhões. Agora vêm os oito asteroides (Ceres, Juno, Vesta, Palas, Astreia, Flora, Íris e Hebe) a uma distância média de 400 milhões. Então temos Júpiter, distante por 788 milhões de quilômetros; depois Saturno, 1,4 bilhão; a seguir, Urano, com 3 bilhões; e finalmente Netuno, descoberto recentemente, movimentando-se a uma distância de, digamos, 4,5 bilhões de quilômetros. Deixando de fora da contagem Netuno — do qual até aqui sabemos pouco, de fato, e que é possivelmente um sistema de asteroides —, será observado que, dentro de certos limites, existe uma *ordem de intervalo* entre os planetas. Falando vagamente, podemos afirmar que cada planeta exterior está duas vezes mais longe do Sol do que o interior que vem antes. Será que a *ordem* aqui mencionada — *a ordem de Bode*[27] — *não pode ser deduzida a partir de uma consideração da analogia por mim sugerida como tendo ocorrido entre a descarga solar dos anéis e o modo de irradiação atômica?*

---

27   Johann Elert Bode, astrônomo alemão. (N. T.)

Será um desvario tentar compreender os números mencionados de maneira apressada nesse resumo de distâncias — a menos que isso ocorra à luz de fatos aritmeticamente abstratos. Não são tangíveis de maneira prática. Não transmitem ideias precisas. Afirmei que Netuno, o planeta mais afastado do Sol, movimenta-se ao redor dele a uma distância de 4,5 bilhões de quilômetros. Até aqui, tudo bem. Afirmei um fato matemático; e, sem o compreendermos em nada, podemos colocá--lo em uso — matematicamente. Mas, ao sequer mencionar que a Lua se movimenta ao redor da Terra em uma distância insignificante de 381 mil quilômetros, não tenho expectativas de fazer com que alguém entenda — que conheça, que sinta — quão distante da Terra a Lua de fato *está*. 381 mil *quilômetros*! Talvez poucos entre meus leitores não tenham atravessado o oceano Atlântico; contudo, quantos entre eles têm a ideia nítida dos meros 4.800 quilômetros existentes entre uma costa e outra? De fato, duvido da existência de uma pessoa capaz de forçar seu cérebro à mais remota concepção do intervalo entre um marco e sua vizinhança mais próxima em uma rodovia. Em alguma medida somos auxiliados, em nossa apreciação da distância, pela combinação dessa consideração com aquela da velocidade afim. O som atravessa 335 metros de espaço por segundo. Ora, se fosse possível a um habitante da Terra ver a cintilação de um canhão disparado na Lua, e ouvir o estrondo, ele teria de esperar, depois de constatar o primeiro, mais de treze dias e noites antes de obter qualquer insinuação do segundo.

Por mais fraca que seja a impressão, transmitida assim mesmo, da distância real entre a Lua e a Terra, ela vai, ainda assim, configurar um bom objetivo ao nos possibilitar ver mais claramente a inutilidade de tentarmos alcançar tais intervalos como aquele de 4,5 bilhões de quilômetros entre o Sol e Netuno; ou mesmo o intervalo de 152 milhões de quilômetros entre o Sol e a Terra que habitamos. Uma bala de canhão, voando na maior velocidade com a qual uma bala já voou, não poderia atravessar o segundo intervalo em menos de vinte anos; enquanto, no primeiro, levaria 590 anos.

O diâmetro real de nossa Lua é de 3.456 quilômetros; contudo, ela é comparativamente um objeto tão insignificante que seriam necessários cinquenta orbes semelhantes para compor um corpo tão grande quanto a Terra.

O diâmetro de nosso globo é de 12.659 quilômetros; porém, com base na enunciação desses números, qual ideia decisiva derivamos deles?

Se subirmos uma montanha qualquer e olharmos ao redor de seu cume, contemplaremos uma paisagem abrangendo, digamos, 64 quilômetros em cada direção, compondo um círculo de 402 quilômetros de circunferência, e incluindo uma área de 8 mil quilômetros quadrados. A extensão de um tal prospecto, por conta da *sucessividade* com a qual suas partes obrigatoriamente se apresentam à vista, pode apenas ser muito vaga e parcialmente apreciada. Porém, todo o panorama não representaria mais do que uma quadragésima milésima parte da mera *superfície* de nosso globo. Fosse esse panorama, então, sucedido, após o decurso de uma hora, por outro de igual extensão; e este por um terceiro, após passar outra hora; este por um quarto após outra hora — e assim por diante, até que todo o cenário da Terra fosse compreendido; e se nos engajássemos em examinar esses vários panoramas por doze horas todos os dias, nós ainda assim levaríamos nove anos e quarenta e oito dias para completar a investigação no geral.

Porém, se a mera superfície da Terra escapa à apreensão imaginativa, o que devemos pensar de seus conteúdos cúbicos? Eles abrangem um volume de matéria cujo peso equivale a 2 sextilhões e duzentos quintilhões de toneladas. Vamos sup ô-lo em um estado de quietude; e agora vamos tentar conceber uma força mecânica suficiente para colocá-lo em movimento! Nem a força de todos os milhões de seres que podemos concluir que habitam os mundos planetários de nosso sistema — nem a força física conjunta de *todos* esses seres, mesmo se admitirmos que eles sejam mais poderosos do que a humanidade — serviria para mover a massa tremenda *um centímetro sequer* de sua posição.

O que devemos inferir, então, da força que, sob circunstâncias similares, seria necessária para mover o *maior* de nossos planetas, Júpiter? Ele tem um diâmetro de quase 138 mil quilômetros e sua periferia incluiria mais de mil orbes da magnitude do nosso. No entanto este astro estupendo na verdade está girando ao redor do Sol na razão de 46.400 quilômetros por hora — isto é, com uma velocidade quarenta vezes maior do que a de uma bala de canhão! Não se pode dizer que a cogitação de tais fenômenos *assombre* a mente: ela a paralisa e apavora. Não é raro obrigarmos nossa imaginação a retratar os traços de um anjo. Vamos imaginar um tal ser a uma distância de centenas de milhares de quilômetros de Júpiter — uma testemunha ocular próxima desse planeta, enquanto ele acelera em seu movimento anual. Agora, será que *podemos*, pergunto eu, conceber para nós qualquer concepção tão distinta da exaltação espiritual desse ser ideal como *aquela* relacionada à suposição de que, até diante deste imensurável volume material rodopiando imediatamente diante de seus olhos, com uma velocidade tão inimaginável, ele, um anjo, por mais angelical que seja, não seria de imediato reduzido ao nada e subjugado?

Neste ponto, contudo, parece apropriado sugerir que na verdade estamos falando de ninharias comparativas. Nosso Sol, o orbe central e dominador do sistema ao qual Júpiter pertence, não é só maior do que Júpiter, mas muito maior do que todos os planetas do sistema juntos. Este fato é uma condição essencial, de fato, para a estabilidade do próprio sistema. O diâmetro de Júpiter já foi mencionado: é de quase 138 mil quilômetros. O do Sol é de 1,4 milhão de quilômetros. O habitante desse último, viajando a 144 quilômetros a cada dia, levaria mais de oitenta anos para percorrer o grande círculo de sua circunferência. Ela ocupa o espaço de 1 quintilhão, noventa quadrilhões, trezentos e cinquenta e cinco trilhões de quilômetros. A Lua, como foi afirmado, gira em torno da Terra a uma distância de 38,1 mil quilômetros — consequentemente, em uma órbita de quase 2,4 milhões de quilômetros. Ora, fosse o Sol colocado sobre a Terra, centro sobre centro, o corpo do primeiro se estenderia em toda direção não apenas para a linha da órbita da Lua, mas além dela, a uma distância de 320 mil quilômetros.

E aqui, mais uma vez, permita-me sugerir que na verdade *ainda* estamos falando de ninharias comparativas. A distância do planeta Netuno do Sol já foi estabelecida: 4,5 bilhões de quilômetros; a circunferência de sua órbita, portanto, é de cerca de 27 bilhões de quilômetros. Tenham isso em mente enquanto vislumbramos uma das estrelas mais brilhantes. Entre ela e a estrela do *nosso* sistema (o Sol), há um abismo de espaço cuja ideia só poderia ser expressa por meio da língua de um arcanjo. Do *nosso* sistema, então, e do *nosso* Sol, ou estrela, a estrela a qual supormos vislumbrar é algo totalmente diferente. Ainda assim, no momento, vamos imaginá-la posicionada sobre o nosso Sol, centro sobre centro, como acabamos de imaginar o Sol colocado sobre a Terra. Agora vamos conceber essa estrela em particular como se estendendo, em todas as direções, para além da órbita de Mercúrio, ou de Vênus, ou da Terra — e ainda *prosseguindo*, além da órbita de Marte, de Júpiter, de Urano, até que, por fim, nós a imaginemos preenchendo o círculo de 27 bilhões de quilômetros de circunferência, que é descrito pelo movimento do planeta de Le Verrier.[28] Quando tivermos apreendido tudo isso, não teremos cultivado uma concepção extravagante. Existem as mais perfeitas razões para acreditar que muitas das estrelas são bem maiores do que aquela que imaginamos. Pretendo afirmar que temos as melhores bases *empíricas* para nutrir uma tal crença. E olhando para trás, para os arranjos atômicos originários de *diversidade* que foram considerados como uma parte do plano divino para a constituição do universo, nos será permitido compreender, e justificar, a existência de desproporções de tamanho estelar bem mais vastas do que as aludidas até aqui. Devemos imaginar, é claro, os maiores orbes rodopiando pelos mais vastos vácuos do espaço.

Acabei de observar que, para exprimirmos uma ideia do intervalo entre o Sol e qualquer um dos outros astros, deveríamos ter a eloquência de um arcanjo. Ao dizer isso, não posso ser acusado de exagero; pois a verdade simples é que esses são assuntos nos quais é praticamente impossível exagerar. Mas vamos colocar o objeto com mais clareza diante dos olhos da mente.

---

28   Urbain Le Verrier, matemático e astrônomo francês. (N. T.)

Em primeiro lugar, podemos ter uma concepção geral, *relativa*, do referido intervalo ao compará-lo com os espaços interplanetários. Se, por exemplo, supusermos que a Terra, a qual está na verdade a 152 milhões de quilômetros do Sol, estiver a *meio metro* desse astro luminoso, então Netuno estaria a 13 metros de distância, *e a estrela Vega, a pelo menos 48 metros*.

Agora, presumo eu que, na conclusão de minha última frase, poucos de meus leitores perceberam algo especialmente questionável — particularmente errado. Eu disse que se a distância da Terra para o Sol fosse considerada como sendo de *meio metro*, a distância de Netuno seria de 13 metros, e a de Vega, 48. A proporção entre meio metro e cinquenta surgiu, talvez, para transmitir uma impressão suficientemente definitiva da proporção entre os dois intervalos — aquele da Terra para o Sol e o de Vega para o mesmo astro. Mas o meu cálculo sobre a questão devia, na verdade, acontecer assim: considerando a distância da Terra para o Sol como sendo de meio metro, a distância de Netuno seria de 13 metros, e a de Vega, 48 — *quilômetros*. Quero dizer, atribuí a Alfa Lira, em minha primeira afirmação sobre o caso, apenas a 5 280a parte daquela distância a qual é a *menor distância possível* em que ela realmente pode estar.

Prosseguindo: por mais distante que um mero *planeta* esteja, quando o olhamos por meio de um telescópio, podemos vê-lo com uma certa forma — com um certo tamanho constatável. Ora, já dei pistas sobre o provável volume de muitos dos astros; não obstante, quando observamos qualquer um deles, mesmo com o mais poderoso dos telescópios, ele se nos apresenta *sem forma*, e consequentemente *sem qualquer magnitude*. Vemo-lo como um ponto e nada mais.

Repetindo: vamos supor que estejamos caminhando, à noite, por uma rodovia. Em um campo de um lado da estrada, há uma linha de objetos altos, digamos, árvores, cujas formas estão nitidamente definidas contra o horizonte do céu. Essa linha de objetos se estende por ângulos retos em relação à estrada, e a partir da estrada em relação ao horizonte. Agora, conforme seguimos pela rodovia, vemos esses objetos mudando suas posições, respectivamente, em relação a um certo ponto fixo naquela parte do firmamento a qual compõe o horizonte em questão. Vamos supor esse ponto fixo — suficientemente fixo para o nosso propósito — como sendo a lua nascente. Nós percebemos de uma só vez que, enquanto a árvore mais próxima a nós altera sua posição em relação à lua como se parecesse voar para trás de nós, a árvore na distância mais extrema mal mudou sua posição em relação ao satélite. Então somos levados a constatar que, quanto mais distantes os objetos estiverem de nós, menos alterarão suas posições; e vice-versa. Então começamos, involuntariamente, a estimar as distâncias das árvores individuais pelos graus com os quais elas evidenciam a alteração relativa. Por fim, chegamos à conclusão de que pode ser possível determinar a distância atual de qualquer árvore na linha usando a quantidade de alteração relativa como uma base em um simples problema geométrico. Ora, essa alteração relativa é o que chamamos de "paralaxe"; e por paralaxe, calculamos as distâncias entre os corpos celestes. Aplicando o princípio às árvores em questão, ficaremos, é claro, muito desorientados ao tentar compreender a distância *daquela* árvore, a qual, não importa o quão longe prossigamos na via, não revelará paralaxe de *nenhum tipo*. Isso, no caso descrito, é algo impossível; mas impossível apenas porque todas as distâncias de nossa Terra são de fato triviais. Em comparação com as vastas quantidades cósmicas, podemos considerá-las como absolutamente nada.

Agora, vamos supor que a estrela Vega esteja diretamente acima de nós; e vamos imaginar que, em vez de estarmos na Terra, estejamos na ponta de uma via reta alongando-se através do espaço por uma distância equivalente ao diâmetro da órbita da Terra — isto é, uma distância de 30,5 *milhões de quilômetros*. Tendo observado a exata posição da estrela por meio dos mais delicados instrumentos micrométricos, vamos agora atravessar essa estrada inconcebível até chegarmos à sua outra extremidade. Agora, mais uma vez, vamos contemplar a estrela. Ela está *exatamente* onde a deixamos. Nossos instrumentos, por mais delicados que sejam, garantem-nos de que sua posição relativa é absolutamente — identicamente — a mesma que a do começo de nossa inefável jornada. *Nenhuma* paralaxe, nenhuma mesmo, foi constatada.

O fato é que, diante da distância dos astros fixos — qualquer um das miríades de sóis cintilando na parte mais longínqua daquele abismo aterrador que separa nosso sistema de seus irmãos na aglomeração à qual pertence —, a ciência astronômica, até muito recentemente, podia apenas se manifestar com certeza negativa. Assumindo os mais brilhantes como os mais próximos, podemos apenas afirmar, mesmo *deles*, que há apenas uma certa distância incompreensível na qual eles não podem estar, considerando-se o lado mais próximo a nós. Quão além disso eles estão, não somos de modo algum capazes de determinar. Constatamos, por exemplo, que Vega não pode estar mais perto de nós do que 30 trilhões, setecentos e vinte bilhões de quilômetros; mas, pelo que sabíamos, e na verdade pelo que agora sabemos, ela pode estar a uma distância que é o quadrado, ou o cubo, ou qualquer outra potência do referido número. Por força, contudo, de observações maravilhosamente minuciosas e precavidas, com instrumentos mais modernos e por muitos anos laboriosos, *Bessel*,[29] falecido pouco tempo atrás, conseguiu recentemente determinar a distância de seis ou sete estrelas; entre outras, a estrela número 61 da constelação do Cisne (Cygnus). Nesta última instância determinada, a distância é 670 mil vezes a da Terra para o Sol; que, será lembrado, é de 152 milhões de quilômetros. A estrela 61 Cygni, então, está a cerca de 102 trilhões de quilômetros de nós — ou mais de três vezes a distância estabelecida, *como a mínima possível*, de Vega.

Ao tentarmos avaliar esse intervalo com o auxílio de qualquer consideração acerca de *velocidade*, como fizemos buscando estimar a distância da Lua, devemos deixar de lado, de uma vez, coisas como a velocidade de uma bala de canhão ou do som. A luz, no entanto, de acordo com os últimos cálculos de Struve,[30] procede na razão de 267.200 quilômetros por segundo. Nem o pensamento consegue atravessar esse intervalo mais rapidamente — se é que o pensamento consegue atravessá-lo. Não obstante, vinda da 61 Cygni até nós, mesmo nessa velocidade inconcebível, a luz levaria mais de *dez anos* para chegar; e, consequentemente, caso a estrela se apagasse neste instante, ainda assim, *por dez anos* ela continuaria a brilhar, sem bruxulear, em sua glória paradoxal.

Tendo agora em mente qualquer débil concepção que possamos haver atingido acerca do intervalo entre nosso Sol e a 61 Cygni,

---

29   Friedrich Wilhelm Bessel, físico e matemático alemão. (N. T.)
30   Friedrich Georg Wilhelm von Struve, astrônomo alemão. (N. T.)

lembremo-nos de que podemos considerar esse intervalo, por mais inefavelmente vasto que seja, como apenas a *média* intervalar entre incontáveis multidões de estrelas a comporem aquela aglomeração, ou "nebulosa", à qual nosso sistema, assim como 61 Cygni, pertence. Na verdade, descrevi o caso com grande moderação: temos excelentes razões para acreditar que a 51 Cygni seja uma das estrelas *mais próximas*, e assim, à guisa de conclusão, ao menos pelo presente, que sua distância de nós seja *menor* do que a distância média entre estrelas na magnífica aglomeração da Via Láctea.

E aqui, mais uma vez e finalmente, parece apropriado lembrar que da mesma forma que antes estamos falando de ninharias. Deixando de nos maravilhar com o espaço entre uma estrela e outra na nossa ou em qualquer outra aglomeração, vamos agora dirigir nossas reflexões para os intervalos entre aglomeração e aglomeração dentro de toda aglomeração compreensível do universo.

Já afirmei que a luz percorre a distância de 267.200 quilômetros em um segundo — isto é, cerca de 16 milhões de quilômetros por minuto, ou aproximadamente 965 milhões de quilômetros em uma hora. No entanto, tão distantes de nós estão algumas das "nebulosas" que mesmo a luz, nesta velocidade, vinda dessas regiões misteriosas, não poderia nos alcançar antes de *3 milhões de anos*. Este cálculo, ademais, é realizado pelo velho Herschel,[31] e se refere apenas àquelas aglomerações comparativamente próximas dentro do escopo de seu próprio telescópio. Porém, há "nebulosas" as quais, graças ao tubo mágico de lorde Rosse,[32] sabemos estar neste instante sussurrando

---

31 William Herschel, astrônomo e compositor alemão. (N. T.)
32 William Parsons, 3o conde de Rosse, astrônomo irlandês. (N. T.)

em nossos ouvidos os segredos de *um milhão de eras* passadas. Em uma palavra, os eventos que contemplamos agora — neste momento, naqueles mundos — são os eventos idênticos que interessaram a seus habitantes *um milhão de séculos atrás*. Em intervalos tais como esses — em distâncias tais como essa sugestão, que impacta mais a *alma* do que a mente —, encontramos, afinal, um clímax apropriado para todas as nossas até aqui frívolas considerações acerca de *quantidade*.

Estando nossas imaginações assim tomadas pelas distâncias cósmicas, vamos aproveitar a oportunidade para abordar a dificuldade que até então com frequência experimentamos enquanto buscamos *o caminho aberto* da reflexão astronômica para *explicar* os aludidos vazios imensuráveis; para compreender por que abismos tão totalmente desocupados, e portanto tão aparentemente inúteis, foram feitos para se interpor entre uma estrela e outra, entre uma aglomeração e outra; em suma, para apreender uma razão suficiente para a escala titânica, a respeito do mero *espaço*, na qual o universo parece ter sido criado. Sigo defendendo que a astronomia falhou ao apontar concretamente uma causa racional para o fenômeno; mas as considerações por meio das quais, neste ensaio, realizamos passo a passo nos permitem clara e imediatamente perceber que *espaço e duração são um só*. Para que o universo pudesse *durar* ao longo de uma era no todo equiparável à grandeza das porções materiais que o compõem, e com a elevada majestade de seus propósitos espirituais, foi necessário que a difusão atômica original fosse criada com uma extensão inimaginável, ainda que não infinita. Foi necessário, em uma palavra, que as estrelas se reunissem na visibilidade a partir da nebulosidade invisível — que procedessem da nebulosidade à consolidação —, e assim envelhecessem grisalhas ao dar a vida e a morte a variações de desenvolvimento vital indizivelmente numerosas e complexas. Foi necessário que as estrelas fizessem tudo isso, que tivessem tempo de realizar por completo todos esses propósitos divinos, *durante o período no qual todas as coisas estavam efetuando seu retorno à unidade com uma velocidade acumulada na proporção inversa dos quadrados das distâncias nas quais reside o inevitável fim.*

Diante de tudo isso, não teremos dificuldades para compreender a absoluta precisão da *adaptação* divina. A densidade das estrelas, respectivamente, procede, claro, conforme sua condensação diminui. A condensação e a heterogeneidade caminham juntas; por meio da segunda, que é o índice da primeira, estimamos o desenvolvimento vital e espiritual. Logo, na densidade dos globos temos a medida na qual seus propósitos são atendidos. *Conforme* a densidade progride; *conforme* as intenções divinas *são* realizadas; *conforme* resta cada vez menos *para ser* realizado, então deveríamos esperar encontrar nesta mesma razão uma aceleração rumo *ao fim*. E assim a mente filosófica vai compreender com facilidade que os desígnios divinos de constituir as estrelas avançam *matematicamente* rumo à sua realização. E mais: essa mente vai concluir que tal avanço é inversamente proporcional aos quadrados das distâncias de todas as coisas criadas desde o ponto de partida e o objetivo de sua criação.

No entanto, essa adaptação divina não é só matematicamente precisa, mas também tem algo que a categoriza como *divina*, em distinção àquilo que é apenas o resultado da engenhosidade humana. Refiro-me à completa *mutualidade* da adaptação. Por exemplo: nas obras humanas, uma causa particular tem um efeito particular; uma intenção particular conduz a um objeto particular; mas isso é tudo, não vemos aí reciprocidade alguma. O efeito não reage na causa; a intenção não muda as relações com o objeto. Nas obras divinas, o objeto ou é desígnio ou objeto, dependendo de como escolhemos observá-lo. E a qualquer momento podemos tomar uma causa como sendo um efeito, ou o inverso, de modo que jamais, em absoluto, conseguimos decidir qual é qual.

Para dar um exemplo: em climas polares, a forma humana, com o intuito de preservar seu calor animal, precisa para aquecer o sistema capilar de um fornecimento abundante de alimentos altamente azotados, como óleo de baleia. Porém, de novo: em climas polares, praticamente a única comida existente para o homem é o óleo de focas e baleias em abundância. Ora, o óleo está disponível por que é imperativamente necessário, ou é a única coisa exigida por que é a única coisa a ser obtida? É impossível decidir. Há uma absoluta *reciprocidade de adaptação*.

O prazer que extraímos de qualquer demonstração de engenhosidade humana está na proporção da *proximidade* dessa espécie de reciprocidade. Na elaboração de um *enredo*, por exemplo, na ficção literária, devemos ter como objetivo organizar os incidentes de modo a não sermos capazes de determinar, sobre qualquer um deles, se depende de algum outro ou o sustenta. Neste sentido, é claro, a *perfeição* do *enredo* é realmente, ou praticamente, inatingível; mas apenas porque é uma inteligência finita que o elabora. Os enredos de Deus são perfeitos. O universo é um enredo de Deus.

E agora nós atingimos um ponto no qual o intelecto é forçado, mais uma vez, a lutar contra a propensão à inferência análoga

— contra sua busca monomaníaca pelo infinito. Luas foram vistas *girando* em torno de planetas; planetas, em torno de estrelas; e o instinto poético da humanidade — seu instinto relacionado ao simétrico, se a simetria não fosse senão uma simetria de superfície; esse *instinto* que a alma, não só do homem mas de todas as coisas criadas, tomou para si, no início, de uma base *geométrica* da irradiação universal — nos impele a imaginar uma extensão infindável desse sistema de ciclos. Fechando nossos olhos tanto para a *de*dução quanto para a *in*dução, insistimos em imaginar uma *revolução* de todos os orbes da galáxia em torno de um globo gigante, o qual consideramos o eixo central do todo. Imagina-se, claro, que cada aglomeração na grande aglomeração de aglomerações seja criada e configurada da mesma forma; enquanto que, para que à "analogia" não falte nenhum ponto, nós procedemos a conceber esses aglomerados, novamente, como *girando* em torno de uma esfera ainda mais grandiosa; essa última, mais uma vez, *com* suas aglomerações ao redor, configurando nada além de uma magnificente série de grupos, *rotacionando* em torno de ainda outro orbe central *para eles* — um orbe ainda mais inefavelmente sublime; um orbe, digamos melhor, de infinita sublimidade, multiplicada vezes sem fim pelo infinitamente sublime. Tais são as condições, continuadas perpetuamente, as quais a voz do que algumas pessoas nomeiam como "analogia" convoca a imaginação para representar e a razão para contemplar, se possível, sem ficar insatisfeita com a imagem. Tais, *em geral*, são os intermináveis giros após giros que fomos instruídos pela filosofia a apreender e a explicar, pelo menos da melhor maneira que pudermos. De tempos em tempos, contudo, um filósofo de verdade — alguém cujo furor realiza um desvio bem determinado; alguém cujo gênio, falando de forma mais reverente, tenha um viés de lavadeira fortemente pronunciado, fazendo tudo às dúzias — nos permite ver *exatamente* aquele ponto fora da vista no qual os processos revolucionários em questão chegam, e por direito o fazem, a um fim.

Dificilmente valeria a pena, talvez, sequer zombar dos devaneios de Fourier;[33] mas muito já se disse nos tempos recentes sobre a hipótese de Mädler[34] de que existe no centro da galáxia um globo estupendo em torno do qual todos os sistemas do conjunto giram. O *intervalo* do nosso sistema, na verdade, foi determinado: 117 milhões de anos.

De que nosso Sol realiza um movimento no espaço independentemente de sua revolução, e de que gira em torno do centro de gravidade do sistema, já se suspeitava fazia tempo. Esse movimento, admitindo-se que aconteça, se manifestaria de maneira perspectiva. As estrelas naquela região celeste a qual deixamos para trás se aglomerariam, depois de um longo acúmulo de anos; aquelas no quadrante oposto se dispersariam. Ora, por meio da história astronômica descobrimos, de forma nebulosa, que alguns desses fenômenos ocorreram. A partir deste fundamento, já foi declarado que nosso sistema se move rumo a um ponto nos céus diametralmente oposto à estrela Zeta Herculis. Mas essa inferência é, talvez, o máximo ao qual tenhamos qualquer direito lógico. Mädler, contudo, chegou a ponto de determinar uma estrela em particular, Alcione, das Plêiades, como estando no, ou perto do, ponto exato em torno do qual a *revolução* geral ocorre.

---

33   François Marie Charles Fourier, economista e filósofo francês. (N. T.)
34   Johann Heinrich von Mädler, astrônomo alemão. (N. T.)

Ora, já que, na primeira ocasião, somos levados pela "analogia" a esses devaneios, nada mais apropriado do que permanecermos na analogia, ao menos em alguma medida, durante seus desenvolvimentos; e essa analogia que sugere a revolução também sugere um orbe central em torno do qual a rotação deveria ocorrer — até aí, o astrônomo foi consistente. Esse orbe central, contudo, deveria, dinamicamente, ser maior do que todos os orbes que o circulam tomados em conjunto. Destes, existem cerca de 100 milhões. "Por que, então", será evidentemente questionado, "nós não *vemos* este tremendo sol central — *pelo menos equivalente* em massa a 100 milhões de sóis como o nosso? Por que não o *vemos*? *Nós*, em particular, que ocupamos a posição média da aglomeração, a exata localidade *próxima à qual*, para todos os efeitos, deve estar localizada essa incomparável estrela?" A resposta seria imediata. "Ele deve ser não luminoso, como são nossos planetas." Aqui, então, para servir a um propósito, a análise é deixada de lado subitamente. "Na verdade, não", pode ser dito, "nós sabemos que sóis não luminosos de fato existem." É verdade que temos motivos para ao menos supor algo assim; mas não temos razão nenhuma para supor que os sóis não luminosos em questão são cercados por sóis *luminosos*, enquanto esses, por sua vez, são circundados por planetas não luminosos; e isso é exatamente tudo isso com que Mädler é convocado a encontrar alguma coisa análoga nos céus, pois é exatamente isso que ele imagina no caso da galáxia. Admitindo que seja assim, não podemos evitar, neste ponto, imaginar o quão triste o enigma do "por que é assim?" deve se afigurar para todos os filósofos *a priori*.

Mas assumindo-se, no mesmo desafio à analogia e a tudo mais, a não luminosidade do vasto orbe central, ainda podemos indagar como esse orbe, tão enorme, poderia não se tornar visível pela inundação de luz lançada nele a partir dos 100 milhões de sóis gloriosos brilhando em todas as direções ao redor. Ante o surgimento dessa questão, a ideia de um sol central de fato sólido parece, em certa medida, ter sido abandonada; e a especulação prosseguiu no sentido de asseverar que os sistemas da aglomeração só realizam suas revoluções em torno de um centro de gravidade imaterial, comum a todos. Aqui, mais uma vez para se adequar a um propósito, a analogia é abandonada. Os planetas de nossos sistema giram, é verdade, em torno de um centro comum de gravidade; mas eles o fazem em conexão a, e em consequência de, um sol material cuja massa mais do que contrabalança o restante do sistema.

O círculo matemático é uma curva composta por uma infinidade de linhas retas. Mas essa ideia de círculo — uma ideia a qual, tendo em vista toda a geometria ordinária, é apenas a ideia matemática em contraste com a ideia prática — é, na sóbria verdade, a concepção *prática* que por si só temos todo o direito de cultivar em relação ao círculo majestoso com o qual temos de lidar, ao menos na imaginação, quando supomos nosso sistema girando em torno de um ponto no centro da galáxia. Permita à mais vigorosa das imaginações humanas tentar sequer dar um passo simples rumo a compreender uma curva tão inimaginável! Quase não seria paradoxal afirmar que um raio de luz, viajando *eternamente* pela circunferência desse inconcebível círculo, ainda sim iria viajar *eternamente* numa linha reta. Que o trajeto do nosso Sol em uma tal órbita pudesse, ante qualquer percepção humana, se desviar no mínimo grau de uma linha reta, mesmo em 1 milhão de anos, é uma proposição a não ser cultivada. Ainda assim, somos levados a acreditar que uma curvatura se tornou aparente durante o breve período de nossa história astronômica — durante um ponto ordinário —, durante o absoluto nada de dois ou três mil anos.

Pode-se dizer que Mädler *realmente* apurou uma curvatura na direção do agora bem estabelecido progresso de nosso sistema pelo espaço. Admitindo-se, caso necessário, este fato como sendo assim verdadeiro, sustento que, desta forma, nada é demonstrado exceto a realidade desse fato — o fato de uma curvatura. Para sua *absoluta* verificação, seriam necessárias eras ; e, quando for verificada, será considerada indicativa de uma relação binária ou de outra multiplicidade entre nosso Sol e alguma ou algumas das estrelas próximas. Não arrisco nada, entretanto, ao prever que, depois do decurso de muitos séculos, todos os esforços para determinar o trajeto de nosso Sol pelo espaço serão abandonados como infrutíferos. Isso é facilmente concebível quando observamos a infinidade de perturbações que o astro deve vivenciar, na esteira de suas relações sempre cambiantes com os outros orbes, na aproximação comum a todos os núcleos da galáxia.

Porém, ao examinarmos outras "nebulosas" que não a Via Láctea — ao investigarmos, no geral, as aglomerações que se espalham pelo espaço —, não encontramos uma confirmação da hipótese de Mädler? *Não*. As formas das aglomerações são demasiado diversas quando observadas casualmente; porém, com uma inspeção aproximada, utilizando telescópios poderosos, nós reconhecemos a esfera, muito distintamente, como pelo menos a forma mais aproximada de todas. Sua constituição, no geral, está em desacordo com a ideia de uma revolução em torno de um centro único.

"É difícil", afirma sr. John Herschel, "formar qualquer concepção acerca do estado dinâmico de tais sistemas. Por um lado, sem um movimento rotatório e uma força centrífuga, é quase impossível não considerar esses sistemas em um estado de *colapso progressivo*. Por outro lado, assumindo tal movimento e tal força, não será menos difícil reconciliar suas formas com a rotação de todo o sistema [ou seja, aglomeração] em torno de um único eixo, sem o qual a colisão interna pareceria inevitável."

Algumas observações feitas recentemente sobre as "nebulosas" pelo dr. Nichol, adotando uma perspectiva das condições cósmicas bem diferente daquelas apresentadas neste texto, proporcionam uma peculiar aplicabilidade ao ponto em questão. Diz ele:

"Quando nossos maiores telescópios são direcionados a elas, achamos que aquelas consideradas irregulares não o são; elas chegam mais próximas de um globo. Aqui está uma que parecia oval; mas o telescópio de lord Rosse a trouxe para dentro de um círculo... Agora, dá-se uma circunstância bastante notável relacionada a essas massas circulares de nebulosas comparativamente extensas. Percebemos que elas não são inteiramente circulares, mas sim o inverso; e que ao redor delas, por todos os lados, há volumes de estrelas *alongando-se para fora como se se apressassem na direção de uma grande massa central, em consequência da ação de algum grande poder.*[35]

---

[35] Devo ser compreendido como alguém que nega, em especial, apenas a parte revolucionária da hipótese de Mädler. É claro, se agora não existe nenhum grande orbe central em nossa aglomeração, vai existir mais adiante. E quando existir, será apenas o núcleo da consolidação. (N. A.)

Se eu fosse descrever, com minhas próprias palavras, o que necessariamente deve ser a condição existente de cada nebulosa ante a hipótese de que toda matéria está, como sugeri, retornando à sua unidade original, eu deveria apenas repetir, quase *verbatim*, a linguagem aqui empregada pelo dr. Nichol, sem a menor suspeita daquela tremenda verdade que é a chave desses fenômenos nebulares.

E aqui me permita consolidar ainda mais minha posição por meio de uma voz de alguém maior do que Mädler; de alguém, ademais, a quem as informações de Mädler são familiares há muito tempo, cuidadosa e amplamente consideradas. Referindo-se aos cálculos elaborados de Argelander[36] — as mesmas pesquisas que formam a base de Mädler —, *Humboldt*,[37] cujos poderes de apreensão talvez nunca tenham sido igualados, tem a seguinte observação:

"Quando observamos os movimentos reais, apropriados ou não perspectivos das estrelas, encontramos *muitos de seus grupos se movendo em direções opostas*; e as informações de que ora dispomos não tornam necessário, ao menos, conceber que os sistemas que compõem a Via Láctea, ou as aglomerações que, no geral, compõem o universo, estão girando em torno de qualquer centro particular desconhecido, seja ele luminoso ou não. Não é senão o anseio da humanidade por uma causa primeira fundamental que impele tanto seu intelecto quanto sua imaginação a adotarem uma tal hipótese."

O fenômeno aqui mencionado — aquele de "muitos grupos movendo-se em direções opostas" — é um tanto inexplicável pela

---

36   Friedrich Wilhelm August Argelander, astrônomo alemão. (N. T.)
37   Friedrich Wilhelm Heinrich Alexander von Humboldt, geógrafo, naturalista, polímata e viajante alemão. Também teceu importantes reflexões no campo da astronomia e é figura central para o ensaio de Poe. (N. T.)

ideia de Mädler; mas surge como uma consequência obrigatória daquilo que compõe a base de sua reflexão. Enquanto a *mera direção geral* de cada átomo — de cada lua, planeta, estrela ou aglomeração — seria, de acordo com a minha hipótese, absolutamente retilínea; enquanto o trajeto *geral* de todos os corpos seria uma linha reta conduzindo ao centro de tudo; claro está, não obstante, que esse caráter retilíneo generalizado seria composto do que, com quase nenhum exagero, podemos designar uma infinidade de curvas singulares; uma infinidade de desvios pontuais da retilineidade; o resultado de contínuas diferenças de posição relativa entre as massas multitudinárias, conforme cada uma prossegue em sua própria e devida jornada rumo ao fim.

Citei há pouco, de sir John Herschel, as seguintes palavras, usadas em referência às aglomerações: "Por um lado, sem um movimento rotatório e uma força centrífuga, é quase impossível não considerá-los como em um estado de *progressivo colapso*" . A verdade é que, ao observarmos as "nebulosas" com um telescópio de grande poder, descobriremos ser impossível, tendo já concebido a ideia de "colapso", não encontrarmos, por todos os lados, uma corroboração dessa ideia. Um núcleo está sempre aparente, e em sua direção as estrelas parecem estar se precipitando; e esses núcleos não podem ser confundidos com meros fenômenos perspectivos: os aglomerados são *realmente* mais densos perto do centro, e mais dispersos nas regiões distantes dele. Em suma, vemos tudo como *deveríamos* ver se um colapso estivesse acontecendo; mas, no geral, cabe afirmar dessas aglomerações que só poderemos cultivar, enquanto as contemplamos, a ideia de *movimento orbital em torno de um centro* se admitirmos a existência *possível*, naqueles domínios remotos do espaço, de leis dinâmicas das quais *nós* não temos compreensão.

Da parte de Herschel, contudo, há evidentemente *uma relutância* a considerar as nebulosas como estando em "um estado de progressivo colapso ". Mas se os fatos, se até as aparências justificam a suposição de que estão nessa condição, *por que*, pode bem ser questionado, estará ele tão pouco inclinado a admiti-la? Apenas por conta de um preconceito; apenas porque essa suposição se choca contra uma noção preconcebida e sem base alguma, aquela da infinitude, aquela da eterna estabilidade do universo.

Se as proposições deste texto se sustentarem, o "estado de progressivo colapso" é *precisamente* aquele único estado no qual, estaremos seguros, podemos considerar todas as coisas. E, com a devida humildade, permita-me neste ponto considerar que, de minha parte, não consigo conceber como qualquer *outro* entendimento acerca do estado atual das coisas possa ter se instalado no cérebro humano. "A tendência ao colapso" e "a atração da gravitação" são frases intercambiáveis. Usando-as, falamos da reação do ato primeiro. Jamais houve necessidade menos óbvia do que aquela de supor a matéria como possuindo uma *qualidade* inerradicável fazendo parte de sua natureza material — uma qualidade, ou um instinto, *para sempre* inseparável dela, e, por força de seu princípio inalienável, cada átomo está *perpetuamente* impelido a buscar um átomo vizinho. Jamais houve necessidade menos óbvia do que aquela de nutrir essa ideia pouco filosófica. Indo corajosamente além do pensamento vulgar, temos de conceber, metafisicamente, que o princípio gravitacional pertence *temporariamente* à matéria — apenas enquanto ela se difunde, apenas enquanto existe como muita em vez de como uma; pertence a ela apenas em virtude do seu estado de irradiação; no geral pertence, em uma palavra, à sua *condição*, e de jeito algum a *ela própria*. Nesta perspectiva, quando a irradiação tiver retornado para sua fonte — quando a reação tiver se concluído —, o princípio gravitacional deixará de existir. E de fato, os astrônomos, sem que tenham em momento algum alcançado a ideia aqui proposta, parecem estar se aproximando dela, na afirmação de que "se houvesse apenas um corpo no universo, seria impossível compreender como o princípio, a gravidade, poderia ser obtido". Isto quer dizer que, a partir de uma consideração da matéria conforme a compreendem, eles alcançam uma conclusão à qual eu cheguei por dedução. Agora, que uma sugestão tão fértil como aquela mencionada possa ter permanecido por tanto tempo sem dar frutos é, não obstante, um mistério que considero difícil decifrar.

Contudo, é talvez, e não em grau leve, a nossa propensão ao contínuo, ao análogo — no presente caso, mais particularmente ao simétrico —, que tem nos induzido ao erro. E de fato, o senso do simétrico é um instinto no qual podemos nos amparar com uma confiança quase cega. É a essência poética do universo — *do universo* o qual, na supremacia de sua simetria, não é senão o mais sublime dos poemas. Ora, simetria e consistência são termos intercambiáveis; assim, poesia e verdade são uma só. Uma coisa é consistente na proporção de sua verdade — verdadeira na proporção de sua consistência. *Uma perfeita consistência, repito, não pode ser nada senão uma verdade absoluta*. Podemos nos assegurar, então, de que o homem não vagará por muito tempo ou por vastas amplitudes se ele se der ao trabalho de ser conduzido por seu instinto poético, o qual venho defendendo ser seu verdadeiro, por ser simétrico, instinto. Ele deve se precaver, contudo, para que, ao perseguir tão descuidadamente a simetria de formas e movimentos, não perca de vista a simetria de fato essencial dos princípios que os determinam e controlam.

Que os corpos astrais finalmente se fundam em um — que, afinal, tudo fosse conduzido à substância de *um estupendo orbe central já existente* — é uma ideia a qual, passado algum tempo, parece ter tomado a imaginação da humanidade de maneira vaga e indeterminada. É uma ideia, na verdade, que pertence à classe das ideias *demasiadamente óbvias*. Ela surge de imediato a partir de uma observação superficial dos movimentos aparentemente *giratórios* ou *vorticiais* daquelas porções individuais do universo que aparecem mais pronta e aproximadamente à nossa observação. Talvez não exista sequer um ser humano de educação ordinária e capacidade intelectual média a quem, em algum momento, uma tal ideia não tenha ocorrido, como se fosse espontânea ou intuitiva, utilizando todas as vestes de uma concepção muito profunda e original. Contudo, essa concepção tão comumente acalentada, que eu saiba, jamais surgiu a partir de qualquer consideração abstrata. Ao contrário; sendo sempre sugerida, como afirmo, pelos movimentos vorticiais ao redor de centros, também uma razão para isso — uma *causa* para a reunião de todos os orbes em um, *imaginado como já existente* — foi naturalmente procurada na mesma direção, entre esses próprios movimentos cíclicos.

Logo, aconteceu que, com o anúncio da diminuição gradual e perfeitamente regular observada na órbita do cometa Encke a cada volta sucessiva em torno do nosso Sol, os astrônomos foram quase unânimes na opinião de que o motivo em questão foi encontrado; que se descobriu que um princípio era suficiente para justificar, fisicamente, aquela aglomeração final e universal, a qual, repito, o instinto análogo, simétrico ou poético da humanidade está predeterminado a compreender como algo além de uma simples hipótese.

Declarou-se que essa causa — esse motivo suficiente para a aglomeração final — existe em um meio excessivamente raro, mas ainda assim material, permeando o espaço. Meio o qual, ao retardar, em certa medida, o progresso do cometa, enfraquece perpetuamente sua força tangencial, assim configurando uma predominância à força centrípeta; a qual, é claro, aproximou o cometa mais e mais perto a cada revolução, e que eventualmente o lançaria no Sol.

Tudo isso é rigorosamente lógico — admitindo-se o meio ou o éter. Mas este éter foi considerado, no geral de forma ilógica, sobre o fundamento de que nenhum *outro* modo, além daquele comentado, poderia ser revelado para justificar a diminuição observada na órbita do cometa; como se, a partir do fato de que não poderíamos *descobrir* nenhuma outra forma de explicá-la, sucedesse, em todos os casos, que não existia nenhuma outra forma para explicá-la. Está claro que inumeráveis causas podem operar em combinação para diminuir a órbita, sem sequer a possibilidade de nós nos familiarizarmos com elas. Enquanto isso, nunca foi demonstrado com clareza por que o retardamento causado pelos limites da atmosfera do Sol, ao longo dos quais o cometa passa no periélio, não é o suficiente para explicar o fenômeno. Que o cometa Encke será absorvido pelo Sol, é provável; que todos os cometas do sistema serão absorvidos, é mais do que meramente possível; porém, em tal caso, o princípio da absorção deve ser atribuído à excentricidade da órbita — à aproximação estreita dos cometas ao Sol em seu periélio; e é um princípio que não afeta, em grau algum, as ponderosas *esferas* as quais devem ser consideradas como verdadeiras constituintes materiais do universo. No tocante a cometas em geral, permita-me aqui sugerir, de passagem, que não podemos estar tão errados ao considerá-los como *relâmpagos do céu cósmico*.

Contudo, a ideia de um éter retardante e, devido a isso, de uma aglomeração final de todas as coisas pareceu, a uma só vez, ser confirmada pela observação de uma decisiva diminuição na órbita da Lua sólida. Reportando-se a eclipses registrados 2 500 anos atrás, descobriu-se que a velocidade de revolução do satélite *então* era consideravelmente menor do que ocorre *agora*; que, na hipótese de que seus movimentos em sua órbita estejam uniformemente de acordo com a lei de Kepler, e fo ram precisamente determinados *à época*, 2.500 anos atrás, a Lua agora avança para a posição que *deveria* ocupar, por quase 14.400 quilômetros. O aumento de velocidade comprovou, é claro, uma diminuição da órbita; e os astrônomos foram cedendo rapidamente à crença em um éter como a única forma de explicar o fenômeno, quando Lagrange[38] veio com a solução. Ele demonstrou que, dadas as configurações dos esferoides, os eixos mais curtos de suas elipses estão sujeitas a variações de largura; os eixos mais longos permanecem iguais; e que essa variação é contínua e vibratória, de modo que cada órbita assume um estado de transição, seja do círculo para a elipse, ou da elipse para o círculo. No caso da Lua, na qual o eixo mais curto está *diminuindo*, a órbita está passando de círculo a elipse e, em consequência, também está *diminuindo*; porém, após

---

38   Joseph-Louis Lagrange, matemático e astrônomo italiano. (N. T.)

um longo acúmulo de eras, a excentricidade derradeira será atingida; então, o eixo mais curto começará a *aumentar*, até que a órbita se torne um círculo; quando o processo de diminuição novamente ocorrerá; e assim para sempre. No caso da Terra, a órbita está passando de elipse a círculo. Os fatos assim apresentados eliminam, é claro, qualquer necessidade de se supor um éter, e qualquer entendimento da instabilidade do sistema justificada pelo éter.

Será recordado que eu próprio assumi o que podemos designar como *um éter*. Falei de uma sutil *influência* que sabemos estar sempre acompanhando a matéria, embora só se torne manifesta por meio de sua heterogeneidade. A essa *influência* — sem ousar tangenciá-la de qualquer forma para explicar sua terrível *natureza* —, eu atribuí os vários fenômenos da eletricidade, do calor, da luz, do magnetismo; e mais, da vitalidade, da consciência e do pensamento; em uma palavra, da espiritualidade. Será observado de imediato, então, que o éter como tal concebido é radicalmente distinto do éter dos astrônomos, na medida em que o deles é *matéria*, e o meu, *não*.

Logo, com a ideia do éter material, parece ter caído por terra de vez o pensamento daquela aglomeração universal por tanto tempo predeterminada pela imaginação poética da humanidade; uma aglomeração na qual uma filosofia sensata poderia ter colocado fé, ao menos até certo ponto, por nenhuma outra razão senão aquela de que por essa imaginação poética *fora* assim predeterminada. Mas até onde a astronomia — até onde a própria física se pronunciou, os ciclos do universo são perpétuos. O universo não tem um fim concebível. Se fosse, contudo, demonstrado um fim originado em uma causa tão puramente colateral como um éter, o instinto da humanidade para a *capacidade divina de se adaptar* teria se rebelado contra essa demonstração. Nós deveríamos ter sido forçados a considerar o universo com o mesmo senso de insatisfação que experimentamos ao contemplar uma obra de arte desnecessariamente complexa. A criação nos teria perturbado como um *enredo* imperfeito de um livro no qual o *dénouement*[39] é obtido constrangedoramente pela interposição de incidentes externos e alheios ao tema principal, em vez de brotar do seio da tese, do coração da ideia governante; em vez de surgir como o resultado da proposição primeira; como uma parte inseparável e inevitável da concepção fundamental da obra.

O que quero dizer com simetria da mera superfície agora será compreendido mais claramente. Apenas pela bajulação dessa simetria nós podemos ser seduzidos pela ideia geral da qual a hipótese de Mädler é apenas uma parte — a ideia do retraimento vorticial dos orbes. Dispensando a concepção puramente física, a simetria de princípios vê o fim de todas as coisas metafisicamente envolvido no pensamento de um início; ela procura e encontra essa origem de todas as coisas no *rudimento* do fim; e percebe a impostura de supor ser provável que esse fim ocorra de forma menos simples, menos direta, menos óbvia, menos artística do que por meio da *reação ao ato originário*.

Recorrendo, então, a uma sugestão prévia, vamos compreender os sistemas — vamos compreender cada estrela, com os planetas que a acompanham — como apenas átomos titânicos existindo no espaço com exatamente a mesma inclinação para a unidade que caracterizou, no início, os átomos originais após sua irradiação através da esfera universal. Conforme esses átomos aceleravam uns contra os outros

---

39   Do francês, resultado. (N. T.)

em linhas geralmente retas, vamos considerar como ao menos geralmente retilíneos os trajetos dos átomos-sistemas na direção de seus respectivos centros de agregação. E nessa recomposição direta dos sistemas em aglomerações, com uma recomposição similar e simultânea das próprias aglomerações enquanto sofrem consolidação, teremos afinal atingido o grande *agora*, o terrível presente, a condição existente do universo.

Quanto ao ainda mais terrível futuro, uma analogia nada irracional pode nos conduzir ao delineamento de uma hipótese. O equilíbrio entre as forças centrípeta e centrífuga de cada sistema, ao ser necessariamente destruído quando ocorre uma certa proximidade ao núcleo da aglomeração a que pertence, deve ceder, de imediato, a uma precipitação caótica ou aparentemente caótica das luas nos planetas, dos planetas nos sóis, e dos sóis nos núcleos. E o resultado geral dessa precipitação há de ser a reunião da miríade das estrelas ora existentes no firmamento em um número quase infinitamente menor de esferas quase infinitamente superiores. Por estarem um número desmesuradamente menor, os mundos daqueles tempos serão desmesuradamente maiores do que o nosso. Então, de fato, em meio a abismos insondáveis, vão resplandecer sóis inimagináveis. Mas tudo isso será apenas uma magnificência climatérica prenunciando o grande fim. Desse fim, a nova gênese descrita não pode ser senão um adiamento bastante parcial. Enquanto sofrem consolidação, as próprias aglomerações, com uma velocidade prodigiosamente cumulativa, estarão acelerando na direção de seu próprio centro geral — e agora, com uma velocidade elétrica mil vezes maior, equiparada apenas à grandeza material e à paixão espiritual de seu apetite pela unicidade, os remanescentes da tribo de estrelas, por fim, cintilam em uma comunhão universal. A inevitável catástrofe está para acontecer.

Mas essa catástrofe — o que é? Nós a vimos realizar-se na incorporação dos orbes. Daqui em diante, não devemos considerar *um globo material feito de globos* como constituindo e compreendendo o universo? Uma tal fantasia estaria em completo conflito com cada pressuposto e consideração deste texto.

Já aludi àquela absoluta *reciprocidade de adaptação* que é a idiossincrasia da arte divina — sua marca divina. Até este ponto de nossas reflexões, temos considerado a influência elétrica como algo cuja repulsão é a única responsável por permitir que a matéria exista naquele estado de difusão exigido para a realização de seus propósitos. Em suma, até agora temos considerado a influência em questão como organizada em prol da matéria — para se subordinar aos objetivos da matéria. Com uma reciprocidade perfeitamente legítima, agora nos é permitido contemplar a matéria como tendo sido criada *apenas em prol dessa influência* — apenas para servir aos objetivos desse éter espiritual. Com o auxílio, por meio, com a ação da matéria, e por força de sua heterogeneidade, esse éter se manifesta, o *espírito se individualiza*. É somente no desenvolvimento desse éter, por meio da heterogeneidade, que massas particulares de matéria se tornam animadas, sensíveis, e na proporção de sua heterogeneidade; algumas alcançam um grau de sensibilidade envolvendo o que denominamos *pensamento* e, assim, atingem a inteligência consciente.

Nessa perspectiva, nos é permitido constatar a matéria como um meio, não como um fim. Logo, seus propósitos são vistos como tendo sido apreendidos em sua difusão; e, com o retorno à unidade, esses propósitos se encerram. O globo de globos absolutamente consolidado não teria *objetivo algum*. Portanto, nem por um momento ele poderia continuar a existir. Criada para uma finalidade, a matéria deixaria inquestionavelmente de, ao atingir essa finalidade, ser matéria. Vamos tentar compreender que ela desapareceria, e que Deus permaneceria total na totalidade.

Que toda obra de concepção divina deva coexistir e coexpirar com seu desígnio particular, parece-me particularmente óbvio; e não tenho dúvida de que, ao compreender o globo de globos final como *sem objetivo algum*, a maioria de meus leitores ficará satisfeita com meu "*portanto* não pode continuar a existir". Não obstante, como o pensamento espantoso de seu desaparecimento instantâneo é um pensamento o qual não se pode esperar que os mais poderosos intelectos estejam prontos para absorver em uma base tão decisivamente abstrata, vamos tentar contemplar a ideia a partir de algum outro ponto de vista mais ordinário. Vejamos o quão completa e lindamente esse pensamento é corroborado por uma consideração *a posteriori* da matéria, como nós de fato a encontramos.

Já disse antes que sendo a atração e a repulsão inquestionavelmente as únicas propriedades pelas quais a matéria se manifesta à mente, estamos autorizados a assumir que a matéria *existe* apenas como atração e repulsão. Em outras palavras, que "atração e repulsão *são* matéria, não se podendo conceber nenhum caso no qual não seja possível empregar o termo ' matéria' e os termos ' atração' e ' repulsão ', tomados juntos, como expressões equivalentes em lógica, e portanto conversíveis ".

Ora, a própria definição de atração implica a particularidade — a existência de partes, partículas ou átomos; pois a definimos como a tendência de "cada átomo etc. na direção de cada outro átomo etc.", de acordo com uma certa lei. É evidente que *não existem* partes onde houver unidade absoluta; onde a tendência à unicidade for cumprida, não pode haver atração — isso foi totalmente demonstrado e todos a filosofia o admite. Quando realizados seus propósitos, então, a matéria terá retornado à sua condição original de unidade — condição que pressupõe a expulsão do éter separador, cujo território e cuja capacidade limitam-se a manter os átomos separados até aquele grande dia no qual, não mais sendo necessário esse éter, a pressão atordoante da atração final coletiva haverá de, por fim, dominá-lo e expulsá-lo. Aquele dia no qual, digo eu, a matéria, finalmente expulsando o éter, retornar à unidade absoluta, e la então será (falando paradoxalmente por um momento) matéria sem atração e sem repulsão; em outras palavras, matéria sem matéria; em outras palavras novamente, *não mais matéria*. Ao imergir na unidade, ela vai imergir de imediato naquele nada no qual, a toda percepção finita, a unidade deve estar — n aquela solitária nulidade material a partir da qual podemos concebê-la como tendo sido e vocada — como tendo sido *criada* pela vontade de Deus.

Repito, portanto: vamos tentar compreender que o derradeiro globo de globos vai desaparecer instantaneamente, e que Deus permanecerá total na totalidade.

Mas devemos nos deter aqui? Não. Na aglomeração universal e na dissolução, podemos de imediato conceber que uma série nova e talvez totalmente diferente de condições possa se suceder — outra criação e irradiação, retornando a si mesma; outra ação e reação à vontade divina. Sendo nossas imaginações conduzidas por aquela onipresente lei das leis, a lei da periodicidade, não poderemos, de fato, mais do que justificar o cultivo de uma crença — ou melhor, de uma esperança — em que os processos que aqui nos aventuramos a observar possam se renovar para sempre, e para sempre, e para sempre? Um novo universo brotando à existência, e então mergulhando no nada, a cada pulsar do coração divino?

E ora, este coração divino, o que ele é? *É o nosso próprio coração.*

Não permitamos que a irreverência meramente aparente dessa ideia espante nossas almas para longe daquele ponderado exercício de consciência — daquela profunda tranquilidade de autoinspeção —, o único por meio do qual nós podemos esperar chegar à presença desta verdade, a mais sublime entre elas, e contemplar com serenidade sua face.

Os fenômenos dos quais nossas conclusões neste ponto devem depender são meras sombras espirituais, mas ainda assim amplamente substanciais.

Nós vagamos — em meio aos destinos de nossa existência mundana, abarcada por *memórias* obscurecidas mas sempre presentes de um destino mais vasto — muito distante nos tempos idos e infinitamente terrível .

Nós vivemos uma juventude particularmente assombrada por tais sonhos; sem, contudo, jamais confundi-los com sonhos. Como memórias, nós *as conhecemos*. *Durante nossa juventude*, a distinção é demasiado clara para nos enganar sequer por um momento.

Enquanto essa juventude dura, o sentimento *de que existimos* é o mais natural entre todos os sentimentos. Nós o compreendemos *por completo*. Que houve um período no qual *não* existimos — ou que possa ter ocorrido de jamais termos existido — são considerações que, de fato, *durante essa juventude*, nós temos dificuldades de compreender. Por que *não* deveríamos existir é, *até o tempo de nossa maturidade*, entre todas as perguntas, a mais irrespondível. A existência — a autoexistência, a existência por todo o tempo e em toda a eternidade — parece, até a época da maturidade, uma condição normal e inquestionável. *Parece porque é*.

Mas então chega o tempo no qual uma razão mundana convencional nos desperta da verdade do nosso sonho. A dúvida, a surpresa e a incompreensão chegam no mesmo instante. Dizem: " Você vive, e houve o tempo em que não vivia. Você foi criado. Existe uma inteligência maior do que a sua; e é graças apenas a essa inteligência que você vive ". Nós nos esforçamos para compreender coisas assim, e não conseguimos — *não conseguimos* porque essas coisas, não sendo verdadeiras, são necessariamente incompreensíveis.

Não há um ser pensante que, em algum momento iluminado de sua vida mental, não tenha se sentido perdido em meio aos rompantes de esforços fúteis para compreender, ou acreditar, que exista qualquer coisa *maior do que sua própria alma*. A total impossibilidade de qualquer alma se sentir inferior a outra; as intensas, espantosas insatisfação e rebelião contra tal pensamento; esses esforços, junto com a onipresente aspiração à perfeição, são apenas os equivalentes espirituais aos esforços materiais visando à unidade original; são, ao menos para a minha concepção, uma espécie de prova que supera em muito o que a humanidade chama de demonstração de que nenhuma alma *é* inferior a outra — de que nada é, ou pode ser, superior a qualquer alma — de que cada alma é, em parte, seu próprio Deus, seu próprio Criador. Em uma palavra, de que Deus, o Deus material *e* espiritual, *agora* existe apenas na matéria e no espírito difusos do universo; e de que a reconciliação dessa matéria e desse espírito difusos não será senão a reconstituição do Deus *puramente* espiritual e individual.

Com essa perspectiva, e apenas com ela, compreendemos os enigmas da injustiça divina — do destino inexorável. Apenas com essa perspectiva a existência do mal se torna compreensível; mas nessa perspectiva ela se torna mais: torna-se suportável. Nossas almas não mais se rebelam contra uma *dor* a qual nós mesmos nos impusemos ao perseguirmos nossos próprios propósitos — com uma perspectiva, ainda que fútil, da extensão de nossa própria *alegria*.

Falei de *memórias* que nos assombram durante nossa juventude. Às vezes, elas nos perseguem até na nossa maturidade, assumindo formas cada vez menos indefinidas. Vez ou outra nos falam baixinho, dizendo:

"Houve uma época, na noite dos tempos, quando existiu uma entidade ainda existente — uma entre um número absolutamente infinito de entidades similares a povoarem os domínios absolutamente infinitos do espaço absolutamente infinito. Não esteve e não está ao alcance desta entidade — não mais do que em seu próprio alcance — estender, por um aumento factual, a alegria de sua existência; mas, assim como *está* em seu alcance expandir ou concentrar seus prazeres (a quantidade absoluta de felicidade permanecendo sempre a mesma), da mesma forma uma capacidade similar pertence a esse ser divino, o qual assim passa sua eternidade em perpétua variação entre o eu concentrado e a quase infinita difusão de si. O que você chama de universo não é senão a existência expansiva atual do ser. Ele agora sente sua vida por meio de uma infinidade de prazeres imperfeitos — os prazeres parciais e entremeados de dor daquelas coisas inimaginavelmente numerosas as quais você designa como suas criaturas, mas as quais são apenas infinitas individualizações dele mesmo. Todas essas criaturas, *todas*, as que você chama de animadas — assim como aquelas às quais você nega a vida pela única razão de não contemplá-las em operação —, *todas* essas criaturas têm, em maior ou menor medida, uma capacidade de sentir prazer e dor. *Mas a soma geral de suas sensações é exatamente aquela quantia de felicidade que por direito pertence ao ser divino quando concentrado dentro de si mesmo.* Essas criaturas também têm todas, mais ou menos, inteligências conscientes; conscientes, em primeiro lugar, de uma identidade própria; conscientes, em segundo lugar e por vislumbres vagos e indeterminados, de uma identidade com o ser divino do qual falamos — uma identidade com Deus. Das duas classes de consciência, imagine que a primeira vá se tornar mais fraca, e a segunda, mais forte, durante a longa sucessão de eras que deve transcorrer até que essas miríades de inteligências individuais se fundam — quando as estrelas brilhantes se fundirem em uma só. Pense que o senso de identidade individual será gradualmente amalgamado à consciência geral; que o homem, por exemplo, deixando imperceptivelmente de se sentir um homem, vai por fim chegar àquele momento aterradoramente triunfal no qual haverá de reconhecer como sua a existência de Jeová. Enquanto isso, tenha em mente que tudo é vida — vida, vida dentro de vida, o menor dentro do maior, e tudo dentro do *espírito divino*."

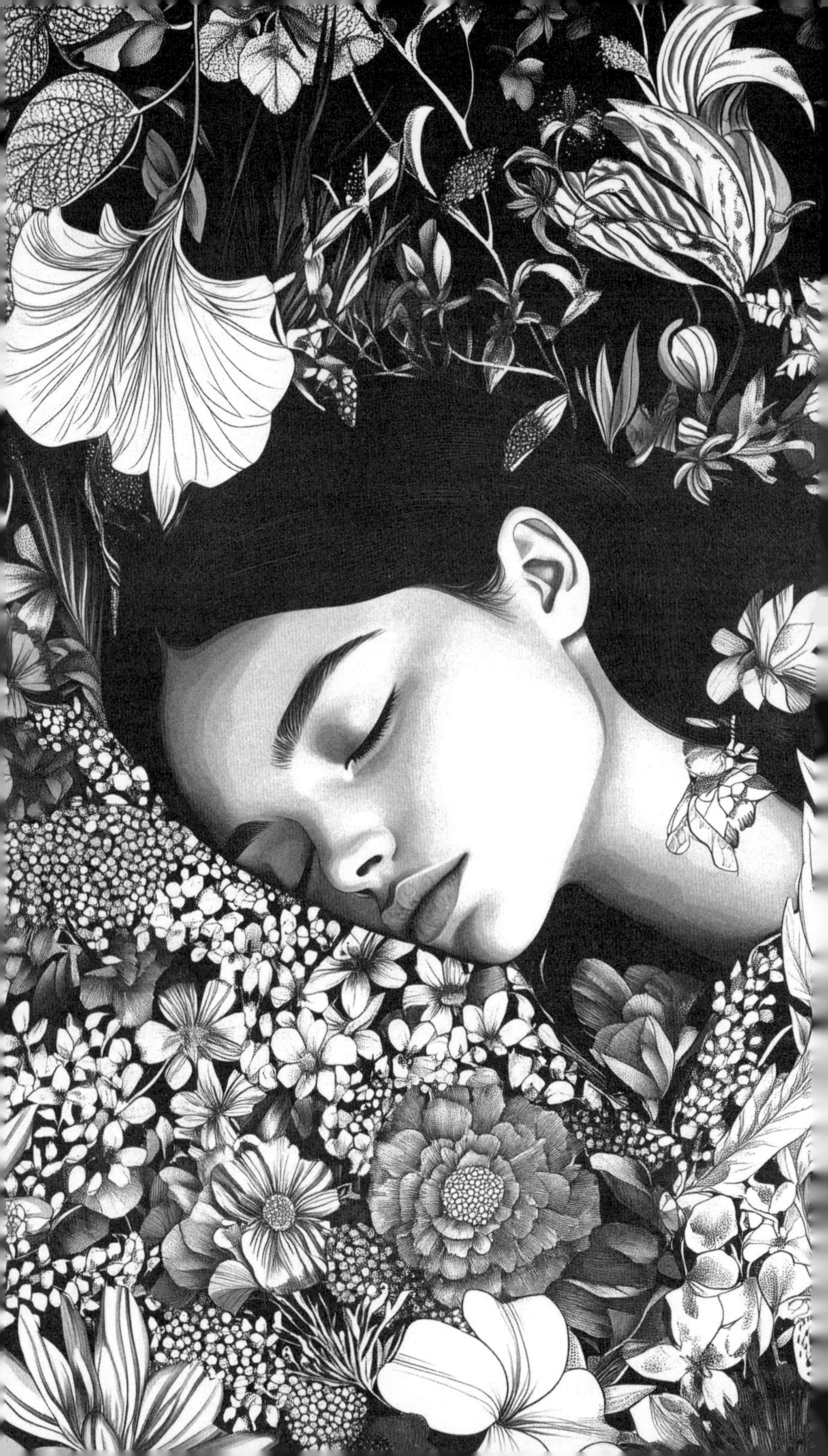

Morella

Αυτο κ αθ' αυτο μεθ' αυτου, μονο ειδες αιει ον.

Em si mesmo, por si mesmo, único para sempre, e só.

– Platão, O Banquete

Com um sentimento da mais singular e profunda afeição eu contemplava a minha amiga Morella. Minha alma, levada por acidente a conhecê-la muitos anos atrás, desde nosso primeiro encontro ardeu com um fogo até então desconhecido; mas o fogo não vinha de Eros, e, ao meu espírito, foi amarga e perturbadora a convicção gradual de que de modo algum eu poderia definir seu raro significado, ou modular sua vaga intensidade. Mesmo assim, nos encontramos; e a fatalidade nos uniu no altar; e jamais falei de paixão, nem pensei em amor. Ela, contudo, evitava qualquer outra companhia e, apegando-se apenas a mim, me fazia feliz. É uma felicidade admirar-se; é uma felicidade sonhar.

A erudição de Morella era profunda. Como espero demonstrar, sei que seus talentos não eram ordinários; os poderes de sua mente eram gigantescos. Eu sentia isso e, de muitas maneiras, tornei-me seu pupilo. Entretanto, logo percebi que, talvez por conta de sua educação em Pressburg, ela me apresentava alguns daqueles escritos místicos que são geralmente considerados rejeitos dos primórdios da literatura alemã. Por razões que eu não era capaz de conceber, esses textos constituíam seus estudos favoritos e constantes — e o fato de que, com o passar do tempo, também tenham se tornado os meus, deve ser atribuído à simples porém efetiva influência do hábito e do exemplo.

Com tudo isso, se não me equivoco, minha razão pouco tinha que ver. Minhas convicções, caso eu não tenha me esquecido, de modo algum foram influenciadas pela idealização, nem qualquer traço do misticismo que eu absorvia poderia ser apontado em meus atos ou pensamentos, a menos que eu estivesse muito enganado. Convencido disso, abandonei-me por inteiro à sua condução de minha vida, e com um coração empedernido adentrei as complexidades de seus estudos. E então... então, quando, ao me debruçar sobre páginas proibidas, sentia em mim o despertar de um espírito proibido... Morella pousava sua fria mão sobre a minha e retirava, das cinzas de uma filosofia morta, algumas palavras graves e singulares, cujos estranhos significados se encravaram em minha memória. E então, hora após hora, eu permanecia ao seu lado e mergulhava na música de sua voz... Até que, por fim, sua melodia se enchesse de terror... e uma sombra recaía sobre minha alma... e eu empalidecia e estremecia intimamente diante daquele tom demasiado sobrenatural. E assim, a alegria de repente se diluía no horror, e o mais belo se tornava o mais medonho, assim como Hinom se tornou Gehenna.

Não é necessário determinar a exata essência daquelas dissertações, as quais, originadas dos volumes que mencionei, compuseram, por tão longo tempo, quase o único tema de conversação entre Morella e eu. Por aqueles instruídos no que se pode chamar de moralidade teológica, elas serão rapidamente compreendidas; já os não instruídos, em todo caso, teriam pouco a entender. O panteísmo selvagem de Fichte; a palingenesia modificada dos pitagóricos e, acima de tudo, as doutrinas da *identidade* conforme sustentadas por Schelling, no geral, eram os pontos de discussão que apresentavam a maior das belezas à imaginativa Morella. Aquela identidade que é denominada pessoal, Locke, penso eu, certeiramente a define como consistindo n a uniformidade de um ser racional. E como por uma pessoa entendemos uma essência inteligente possuindo razão, e como há uma consciência a qual sempre acompanha o pensamento, é isso o que nos torna tudo aquilo que chamamos de "nós mesmos" — assim nos diferenciando de outros seres pensantes, e nos conferindo nossa identidade pessoal. Mas o *principium individuationis* — a noção daquela identidade a qual, *ante a morte, é ou não é perdida para sempre* — era-me, a todo momento, uma consideração de profundo interesse; não tanto pela natureza atordoante e estimulante de suas consequências, e sim pela forma notável e agitada com a qual Morella as mencionava.

Mas, na verdade, chegara agora o tempo no qual o mistério da conduta de minha esposa me perturbava como um feitiço. Não mais eu conseguia suportar o toque de seus dedos pálidos, nem o tom grave de sua fala musical, tampouco o brilho de seus olhos melancólicos. E ela sabia disso tudo, mas não me repreendia; parecia consciente de minha fraqueza ou de minha tolice e, sorrindo, chamava isso de Destino. Parecia, também, ter consciência de uma causa — para mim desconhecida — para a gradual alienação de meu afeto; mas não me dava qualquer indício ou sinal de sua natureza. Ainda assim, era uma mulher, e definhava a cada novo dia. Com o tempo, a mancha escarlate se firmou em suas faces, e as veias azuis em sua pálida fronte se tornaram proeminentes; e num momento a minha natureza imergia em piedade, mas no seguinte eu cruzava o relance de seus olhos expressivos, e então minha alma adoecia e se tornava tonta, com a tontura de alguém que baixa a cabeça para espreitar um lúgubre e insondável abismo.

Devo então dizer que ansiava com um desejo sincero e ardente pelo momento do falecimento de Morella? Sim; mas por muitos dias o espírito frágil aferrou-se à sua morada de barro — por muitas semanas e muitos meses penosos —, até que meus nervos atormentados subjugaram a minha mente e me tornei furioso com o atraso, e, com coração de um demônio, amaldiçoei os dias, e as horas, e os momentos amargos que pareciam se alongar e alongar conforme sua delicada vida definhava — como sombras ao morrer do dia.

Mas num anoitecer outonal, quando os ventos estavam imóveis no céu, Morella me chamou junto a seu leito. Por toda a terra pairava uma névoa opaca e, sobre as águas, uma cintilação cálida; e, em meio à luxuriante folhagem de outubro da floresta, um arco-íris decerto havia se formado no firmamento.

"É o dia dos dias", disse ela, conforme me aproximava; "o dia de todos os dias, seja para viver ou morrer. É um bom dia para os filhos da terra e da vida — ah, um dia melhor para as filhas dos céus e da morte!"

Beijei sua testa e ela prosseguiu:

"Estou morrendo, e contudo hei de viver."

"Morella!"

"Jamais houve tempo em que pudesses me amar; mas aquela que em vida abominaste, na morte haverás de adorar!"

"Morella!"

"Insisto que estou morrendo. Mas dentro de mim há uma súplica por aquela afeição — oh, quão pequena — que tu sentiste por mim, por Morella. E quando meu espírito partir, a criança viverá — tua criança, e minha, de Morella. Mas teus dias serão de pesar — aquele pesar que é a mais duradoura das impressões, como o cipreste é a mais resistente das árvores. Pois o tempo de tua felicidade chegou ao fim, e a alegria não se colhe duas vezes na vida, como as rosas de Pesto[40] duas vezes ao ano. Não mais, portanto, haverás de bancar o teano[41] com o tempo, mas, ignorando o mirto e a vinha, tu carregarás contigo pela terra a tua mortalha, como fazem os muçulmanos em Meca."

"Morella!", gritei, "Morella! Como sabes disso?", mas ela virou o rosto no travesseiro e, com um vago tremor tomando-lhe os membros, assim faleceu, e desde então não ouvi mais sua voz.

Contudo, como havia previsto, sua criança — a qual, ao morrer, ela dera à luz, a qual só respirou quando a mãe deixou de fazê-lo —, sua criança, uma filha, viveu. E cresceu estranhamente em estatura e intelecto, e era perfeitamente semelhante àquela que partira, e eu a amava com um amor mais fervoroso do que pensava ser possível sentir por qualquer habitante deste mundo.

Mas não tardou para que o céu deste puro sentimento escurecesse, e para que a melancolia, o horror e a tristeza o encobrissem de nuvens. Afirmei que a criança crescia estranhamente em estatura e inteligência. Estranho, de fato, era seu rápido aumento de tamanho corporal — mas terríveis, oh!, terríveis eram os tumultuosos pensamentos que se acumulavam em mim enquanto eu observava o desenvolvimento de sua mente. Como seria diferente, se a cada dia eu notava, nas concepções da criança, os poderes e as faculdades

---

40   A antiga cidade da Magna Grécia localizada no sul da Itália. (N. T.)
41   Natural da ilha de Teos, da antiga Jônia. (N. T.)

adultas da mulher? Se as lições da experiência eram proferidas pelos lábios da infância? E se a sabedoria ou as paixões da maturidade, eu as encontrava a todo momento cintilando em seus grandes e inquisidores olhos? Quando, insisto, tudo isso se tornou evidente aos meus sentidos horrorizados, quando não pude mais escondê-lo de minha alma, nem repeli-lo de minhas percepções que estremeciam ao constatá-lo, será de se estranhar que suspeitas de uma natureza assustadora e sugestiva se insinuaram em meu espírito, ou que meus pensamentos recuaram apavorados ante as bárbaras e arrepiantes teorias da sepultada Morella? Arrebatei ao escrutínio do mundo um ser a quem a fatalidade me obrigou a adorar, e, na rigorosa reclusão de minha casa, observava com uma ansiedade agonizante tudo o que dizia respeito à bem- amada.

E, com o decorrer dos anos, e conforme eu contemplava, dia após dia, seu santo, doce e eloquente rosto, e conforme cismava com sua forma amadurecendo, dia após dia eu descobria novos pontos de semelhança entre a criança e sua mãe, a melancólica e a morta. E, hora a hora, obscureciam-se essas sombras de similitude, e tornavam-se mais completas, e mais definidas, e mais atordoantes, e mais medonhamente terríveis em seu aspecto. Que seu sorriso fosse como o da mãe, eu podia suportar; no entanto, estremecia ante a perfeita semelhança; que seus olhos fossem como os de Morella, eu podia aguentar; mas muitas vezes também eles perscrutavam as profundezas de minha alma com a expressão intensa e desconcertante da própria Morella. E nos traços de sua elevada fronte, e nos cachos de seus sedosos cabelos, e nos lívidos dedos que neles se enterravam, e nos tristes tons musicais de sua fala, e acima de tudo — oh, acima de tudo — no fraseado e nas expressões da morta nos lábios da amada e da viva, eu encontrava nutrientes para pensamentos e para um horror que me consumiam — para um verme que *não morria*.

Assim se passaram dez anos de sua vida, e, no entanto, minha filha permanecia inominada neste mundo. "Minha criança" e "meu amor" eram as designações geralmente suscitadas pela afeição de um pai, e o rígido isolamento daqueles tempos impediam qualquer outra relação. O nome de Morella morreu com ela no dia de sua partida. Sobre a mãe, jamais falei com a filha; era impossível fazê-lo. Na verdade, durante o breve período de sua existência, esta última não recebeu qualquer impressão do mundo exterior, salvo o que pudesse ser proporcionado pelos estreitos limites de sua privacidade. Porém, com o tempo, a cerimônia do batismo ofereceu à minha mente, que estava em uma condição perturbada e agitada, uma possível libertação dos terrores de meu destino. E à fonte batismal eu hesitei por um nome. Muitas possibilidades, de tempos sábios e belos, antigos e modernos, de minha própria terra ou de terras estrangeiras, afloraram em meus lábios, com muitos, muitos belos nomes de brandas, de felizes e de bondosas mulheres. O que me levou, então, a perturbar a memória da morta e enterrada? Que demônio me instou a exalar aquele som cuja própria lembrança bastava para fazer o sangue púrpura fluir às torrentes da têmpora rumo ao coração? Que espírito perverso falou dos recessos de minha alma quando, em meio aos corredores penumbrosos, e no silêncio da noite, eu sussurrei nos ouvidos do santo homem as sílabas "Morella"? Que outro senão o diabo convulsionou os traços de minha filha, e os cobriu com os matizes da morte, quando, sobressaltando-se com aquele som quase inaudível, ela ergueu seus olhos vítreos da terra para o céu e, caindo prostrada sobre as lajes negras de nossa cripta ancestral, respondeu "estou aqui!"?

Distintos, fria e calmamente distintos penetraram esses singelos sons em meus ouvidos, e então, como chumbo derretido, escorreram sibilando até meu cérebro. Anos — anos podem passar, mas a memória desta época... jamais! Tampouco eu de fato ignorava as flores e a vinha — mas a cicuta e o cipreste me obscureciam noite e dia. Eu não atinava com qualquer tempo ou lugar, e as estrelas de meu destino desapareceram no céu, e assim a terra se tornou sombria, e suas figuras passavam por mim como sombras esvoaçantes, e dentre elas eu contemplava apenas... Morella. Os ventos do firmamento não sopravam senão um som em meus ouvidos, e as ondulações do mar sussurravam para todo o sempre... Morella. Mas ela morreu; e com minhas próprias mãos a levei para o túmulo; e ri, ri uma risada longa e amarga ao não encontrar traço algum da primeira no sepulcro onde depositei a segunda... Morella.

FIM

Esta obra foi composta por Maquinaria Editorial nas famílias tipográficas Stix Two Text e DM Sans. Impresso pela gráfica Plena Print em maio de 2025.